Mitos Amazônicos da Tartaruga

Coleção ELOS

Equipe de realização — Tradução e Notas: Luís da Câmara Cascudo; Revisão: Angelica Dogo Pretel e Vera Lúcia B. Bolognani; Programação visual: A. Lizárraga; Produção: Plinio M. Filho.

Charles Frederik Hartt

Mitos Amazônicos da Tartaruga

Tradução e Notas de
Luís da Câmara Cascudo

Título do original em inglês
Amazonian Tortoise Myths

© Editora Perspectiva S.A.

2ª edição revista e aumentada

Direitos em língua portuguesa reservados a
EDITORA PERSPECTIVA S.A.
Av. Brigadeiro Luís Antonio, 3025.
01401 – São Paulo – Brasil
Telefones: 885-8388/885-6878
1988

SUMÁRIO

Na Segunda Jornada do Jabuti 9
Prefácio 13

OS MITOS AMAZÔNICOS DA TARTARUGA 15
   I. Como o Jabuti venceu o Veado na carreira 24
  II. O Jabuti que enganou o Homem 31
 III. Como um Jabuti matou duas Onças 32
 IV. Como o Jabuti provocou uma luta entre a Anta e a Baleia 35
  V. Como um Jabuti matou uma Onça e fez uma gaita de um dos seus ossos 40
 VI. Como o Jabuti se vingou da Anta 43
VII. O Jabuti mata a Mucura convencendo-a que deve enterrar-se 45
VIII. Como o Jabuti enganou a Onça 46
      Ariramba e a Mucura 48
      Mitos astronômicos 49

NOTAS DE CÂMARA CASCUDO 51
   I. Como o Jabuti venceu o Veado na carreira 57
     A. A Relay Race 60
     B. Riding on the back 64
     C. O vencedor imóvel 65
     D. Convergência do elemento A e B: Relay Race e Riding on the back 68
     E. Corrida de Atalanta 68

II.	*O Jabuti que enganou o Homem*	70
III.	*Como um Jabuti matou duas Onças*	71
IV.	*Como o Jabuti provocou uma luta entre a Anta e a Baleia*	75
V.	*Como um Jabuti matou uma Onça e fez uma gaita de um dos seus ossos*	82
VI.	*Como o Jabuti se vingou da Anta*	87
VII.	*O Jabuti mata a Mucura*	90
VIII.	*O Jabuti engana a Onça*	92
	Ariramba e a Mucura	94
	Mitos astronômicos	95

Ao meu estimado amigo

> Major Oliver Cromwell James, este
> ensaio é respeitosamente dedicado

PREFÁCIO A ESTA EDIÇÃO
NA SEGUNDA JORNADA DO JABUTI

CHARLES FREDERIK HARTT, geólogo eminente, sábio etnógrafo, nasceu em Fredericton, New Brunswick, Canadá, a 23 de agosto de 1840, falecendo no Rio de Janeiro a 18 de março de 1878. Em agosto teria 38 anos. Uma vida, breve e nobre, voltada a interrogar o segredo das Terras primárias e a ergologia indígena, remota no Tempo brasileiro. Fixado nos Estados Unidos, professor no Vassar College e Universidade de Cornell, aceitou em 1865 o convite de Louis Agassiz (1807-1873), o Mestre de Cambridge (Massachusetts), para participar da "Thayer Expedition", destinada a pesquisas de Ictiologia no Brasil, onde visitou o Nordeste e o Extremo Norte, até o mundo amazônico. Considerou os 14 meses tropicais como um passeio de férias, *a vocation trip to Brazil*. Retornou em 1867, a expensas suas, investigando a estrutura dos Abrolhos, rochedos, corais, equinodermes. Voltou em 1870, dirigindo a Morgan Expedition, e não mais deixaria o Brasil. Reunira equipe prodigiosa de auxiliares excepcionais: Orville Derby, Herbert H. Smith, Richard Rathbum, John Clark, explorando lealmente as regiões do Amazonas em revelações decisivas. Encontraram fósseis devonianos no Ereré, crustáceos e moluscos, os primeiros à leste da cordilheira dos Andes. Tudo era interesse para investigação obstinada. Hartt derruiu a teoria fantástica do seu Mestre Agassiz, explicando a depressão do vale amazônico pela glaciação, quando os fenômenos são devidos à exfolização, desprendimento e deslize das terras altas. Dirigiu a Comissão Geológica do Império, 1874-1878, lamentavelmente dissolvida, provocando a morte do jovem mentor. Para a Comissão, veio John Casper Brenner, que tantas saudades deixaria na recordação brasileira. Sem o grupo-Hartt, o pioneirismo do Barão de Eschwege seria uma lenda sedutora mas improvada. A bibliografia de Hartt respondia as necessidades da época, desde a possante *Geology and Physical Geography of Brazil* (Boston, 1870), o muralhão de pedras do Recife e demais exposições concretas de observação legítima, às atividades arqueológicas e etnográficas, inscrições rupestres, cerâmica de Marajó, o cemitério na gruta das Múmias no Sul de Minas Gerais, vocabulários dos Botocudos, Maué, Mundurucu, análise das coleções recolhidas ao Museu Imperial, as narrativas da tartaruga, a primeira coleção divulgada no Brasil, há 102 anos. Depois de Hartt (1840-1878), de Couto de Magalhães (1836-1898), de Herbert H. Smith (1851-1919), o Jabuti voltou a ser assunto do Padre Constantino Tastevin (1880-1962) — "A Lenda do Jabuti" na *Revista do Museu Paulista*, S. Paulo, n.º XV, 1927, há meio século. Merecia uma reedição autárquica, constituindo ensaio curto e útil. Quem se dedicará à servidão jubilosa do esforço sem prêmio?

Um professor de Universidade, estrangeiro, novo, culto, com a inquieta valorização científica, revolvendo montanhas, interrogando basaltos e granitos, flora e fauna de milênios, detém-se, surpreendido e sorridente, ouvindo as proezas do pequenino Jabuti amazônico, inofensivo e lento, vencedor de feras e de monstros, orgulho das citações eufóricas nas inesquecíveis façanhas. Leva-o para o seu idioma, manejando o erudito aparato comparativo, prolongando a paisagem sugestiva e misteriosa de sua ecologia selvagem nas cátedras venerandas da Europa e da América. Não lograram bravios jaguaretês e sucurijus terríficas a espantosa difusão temática do humilde quelônio fluvial e lacustre.

Em julho de 1950 terminávamos a companhia fraternal. Em 1952 o Arquivo Público de Pernambuco publicava minha gratuita homenagem, compreendida pelo Diretor Jordão Emerenciano (1919-1972), derradeiro da Távola Redonda, devoto do Santo Gral. Não consegui reeditar no centenário da impressão inglesa no Rio de Janeiro, 1975. Agora, véspera do 99.º aniversário do falecimento de Charles Frederik Hartt, o Jabuti retoma a marcha teimosa e fiel em antecipado louvor aos 100 anos da morte do Evocador, 18 de março de 1978.

Eu desta glória só fico contente
Que a minha Terra amei, e a minha Gente!

Natal, fevereiro de 1977.

O anotador.

PREFÁCIO À PRIMEIRA EDIÇÃO

A monografia de Charles Frederik Hartt, *Os Mitos Amazônicos da Tartaruga,* foi publicada em 1875, no Rio de Janeiro, e depois disso não se fez outra edição nem tampouco se traduziu o texto.

De há muito que o trabalho de Charles F. Hartt constitui raridade bibliográfica, verdadeira preciosidade. O próprio Câmara Cascudo não conseguiu um exemplar. Para traduzi-lo teve que usar o microfilme.

Isso dá a medida das dificuldades que sofre o pesquisador para encontrar um exemplar da monografia.

Dizer do mérito e da importância deste pequeno repositório de informações — segura e honestamente colhidas — sobre os mitos amazônicos da tartaruga, seria antecipar ao leitor o prazer das notas de Câmara Cascudo.

Não é demasiado, porém, salientar o quanto de tenacidade, paciência e de honesta investigação custou a Charles F. Hartt a recolher esses mitos indígenas sobre o jabuti. Ele próprio salienta como é difícil colher do indígena essas informações e como a falta de habilidade do pesquisador pode concorrer para a alteração do mito e a inexatidão dos dados informativos.

Câmara Cascudo — cujo nome dispensa qualquer apresentação e qualquer louvor — acaba de prestar um serviço a esse gênero de estudos traduzindo o texto e enriquecendo-o com notas de larga erudição e com aquele sabor tão próprio de tudo quanto sai da sua inteligência toda consagrada ao nobre trabalho da cultura.

O Arquivo Público Estadual, editando a monografia de Charles F. Hartt, pretende atender ao desejo de investigadores não somente de Pernambuco mas de toda uma região. Esses mitos amazônicos interessam, muito de perto, a estudiosos de várias províncias que não são estranhos à mitologia e ao fabulário populares.

Jordão Emerenciano (1919-72)
Diretor do A.P.E.

OS MITOS AMAZÔNICOS DA TARTARUGA

Há precisamente dez anos pisava eu pela primeira vez o solo brasileiro no Largo do Paço, no Rio de Janeiro. Dirigindo-me, então, à primeira pessoa que encontrei, indaguei-lhe do caminho do escritório da Expedição Thayer. Este incidente, que aparentemente parece ser de nenhuma importância, iria, não obstante, influenciar profundamente o curso da minha subseqüente vida científica.

Como se fora providencialmente, encontrava naquele momento, não apenas uma pessoa bastante familiarizada com o Brasil e o seu povo, mas sobretudo um guia habilitado a tomar um profundo e vivo interesse pelo meu próprio trabalho científico, dada a sua experiência de vários anos de trabalhos expedicionários no *Far West* a serviço do governo dos Estados Unidos, como também pelo íntimo e grande conhecimento que tinha das indústrias de mineração de Pensilvânia.

Grande parte do êxito da minha viagem, como adido da Expedição Thayer em 1865 e 1866, devo ao auxílio e aos conselhos sábios desse amigo.

Depois do meu regresso aos Estados Unidos, planejei com ele minha Expedição à costa brasileira em 1867, cuja realização não teria sido possível sem o seu generoso auxílio financeiro.

Fui ainda ajudado por muitos modos, pelo mesmo amigo, quando da preparação de um volume sobre a

Geografia Física e Geológica do Brasil, chegando ele mesmo a fazer, sob minha direção, uma viagem à Província de São Paulo, com o fim de averiguar a estrutura geológica geral dessa parte do planalto brasileiro. Suas observações, cuidadosamente feitas, têm sido, desde então, comprovadas.

Ainda o mesmo amigo agiu como meu agente de ligação nas duas Expedições Morgan ao Amazonas em 1870 e 1871, e à sua judiciosa gerência devem-se consideravelmente o sucesso destas Expedições e a segurança das coleções. Sem a sua constante assistência e encorajamento, não estaria eu hoje no Brasil. Se não fosse o Major O. C. James há muito tempo que eu já teria sido forçado a abandonar o Brasil como campo de pesquisas.

Em obediência ao seu desejo expresso tenho me abstido até agora de fazer um reconhecimento público da minha gratidão. Hoje, porém, como a lembrança me veio bem viva à mente, não posso deixar de exprimir os sentimentos do meu coração.

Charles Frederik Hartt
Rio de Janeiro, 23 de abril de 1875.

No Amazonas, o geólogo que não se interessar por algum outro ramo da ciência, perderá muito tempo; porque, distanciadas, como são ali as localidades geológicas, terá de viajar dias consecutivos sem poder fazer uma observação importante.

Em 1870 achei-me no grande rio revendo o trabalho do Professor Agassiz e ocupado em procurar provas confirmadoras ou negativas à sua hipótese da origem glacial do vale amazonense.

Encontrando-me em nítido contato com a população indígena do país, interessei-me pela Língua Geral, ou Tupi moderno, como falam em Ereré, Santarém e no Rio Tapajós, e empreguei as horas de ócio em aprendê-la, fazendo certo progresso na aquisição de material esclarecedor da sua estrutura.

Mr. Henry Walter Bates, no interessante esboço de sua vida no Amazonas* e Mme Agassiz, na sua obra *Journey in Brazil*** chamaram-me a atenção para os numerosos mitos existentes entre os indígenas do Amazonas. Estes mitos nunca tinham sido estudados e, pre-

* HENRY WALTER BATES, *The Naturalist on the River Amazon*, dois volumes, Londres, 1863. *O Naturalista no Rio Amazonas*, tradução, prefácio, notas do Prof. Candido de Melo Leitão, dois volumes, São Paulo, Col. Brasiliana, 1944 (C.C.)*

** Boston, 1868. Tradução francesa, Paris, 1869. Desta edição há versão brasileira, anotada, de EDGAR SUSSEKIND DE MENDONÇA, *Viagem ao Brasil*, São Paulo, Col. Brasiliana, 1938 (C.C.).

* As notas com «C.C.» são do anotador.

vendo eu o seu grande interesse, dei-me ao trabalho de colecioná-los.

Fui por muito tempo malogrado porque os brancos, em regra geral, desconheciam o folclore indígena, e nem com pedidos e nem com ofertas de dinheiro pude persuadir um índio a narrar um mito. O narrador de estórias na localidade era sempre representado por uma velha indígena que fazia arrebentar de riso a gente com as curiosas aventuras do Kurupira e do Yurupari e de todas as espécies de animais que costumavam falar e divertir-se uns dos outros no velho tempo quando a palavra não era ainda privilégio exclusivo do homem. Invariavelmente, porém, essa mulher velha estava ausente ou era inacessível. Só uma vez, no Ereré, encontrei uma índia idosa, que diziam ser um prodigioso arquivo de estórias, mas nada pude obter dela.

Uma noite, subindo a remo, monotonamente, o paraná-mirim de Ituqui, perto de Santarém, o meu fiel piloto, Maciel, começou a falar para os canoeiros indígenas em tupi, a fim de evitar que eles adormecessem. Prestei toda a atenção e, com grande prazer, percebi que repetia uma estória do Kurupira. Segui-o como melhor pude, escrevendo no meu caderno de notas as principais passagens. da estória, enquanto me associava de bom grado ao riso dos homens, para animar o narrador. No dia seguinte, aproveitei a primeira oportunidade para dizer a Maciel quanto apreciara a sua estória, e para pedir-lhe que a ditasse para mim na Língua Geral. Ele já tinha uma longa prática de ditar, e o meu primeiro mito tupi ficou logo registrado, porém, por muito tempo, pedi-lhe em vão que me contasse outro.

Vi logo que o mito indígena era sempre contado sem esforço mental, sendo o seu fim simplesmente agradar, como uma balada, e não comunicar informação; e que quando o índio, não estando perto da fogueira, cercado de ouvintes noturnos, nem de posse de todas as circunstâncias que tornam a narração conveniente e agradável, é friamente convidado a relatar uma estória mitológica, mostra-se incapaz do esforço mental necessário para lembrar-se dela e, por isso, pronta e obstinadamente alega ignorância. Assim, o colecionador de mitos nada conseguirá se esperar tudo de uma simples pergunta. O único meio é procurar e criar ocasiões em que a narração seja espontânea, e quando necessário, tomar a iniciativa, repetindo algum episódio indígena com o qual estejam familiarizadas as pessoas presentes, tendo o cuidado de não mostrar demasiada curiosidade pelas estórias que forem contadas.

Ce n'est que le premier pas qui coute. Depois de obtido o primeiro mito, e de ter aprendido a repeti-lo com exatidão e espírito, o resto é fácil. Observarei aqui, de passagem, que se deve evitar no Amazonas, como em qualquer outra parte, entre selvagens ou povo de baixa cultura, de fazer sobre este assunto perguntas que insinuem as respostas, porque um índio inconscientemente concordará sempre com o interrogador, que pode deste modo ser enganado. Em uma ocasião, falando desta particularidade com o comandante do meu pequeno vapor, repentinamente voltou-se ele para o piloto, que era indígena e, apontando para uma palmeira à margem do rio, disse:

— Aquela palmeira chama-se Urubu, não é?

— Sim, senhor! — respondeu o índio gravemente, sem mover um músculo. A pergunta foi repetida com o mesmo resultado. O comandante perguntou em seguida:

— Qual é o nome daquela palmeira?

Ele então respondeu:

— Jauari!...

Se o colecionador de mitos quiser obter o mito em sua pureza e evitar que a sua personalidade entre nele, deve, antes de tudo, inibir-se de formular perguntas de modo que insinue as respostas, já quando escreve o mito pela primeira vez, já quando o revê posteriormente.

Os mitos indígenas, tanto quanto pude observar, são raras vezes ouvidos em português, sendo os da população que fala tupi invariavelmente narrados na Língua Geral. A sua forma é constante, e o mesmo mito pode ser encontrado, apenas com pequenas variantes, desde as proximidades da foz do Amazonas até Tabatinga, nas fronteiras do Peru.

Enquanto alguns mitos têm sido certamente introduzidos, e outros têm sofrido com a civilização maior ou menor modificação, a generalidade dos que ainda se conservam no tupi são, creio eu, de origem indígena.

Uma questão tem sido levantada, se muitas das lendas que tanto se assemelham com as fábulas do Velho Mundo, não podiam ter sido introduzidas pelos negros; eu, porém, não vejo razão para entreter esta suspeita, porque elas estão muito espalhadas; a sua forma é inteiramente brasileira, são mais numerosas justamente nas regiões em que não há negros ou em que os há em pequena quantidade e, além disso, elas aparecem, não em português, mas na Língua Geral.

Entre os mitos que colecionei estão aqueles em que figura o *Paituna,* o milagroso filho de uma mulher pertencente a uma tribo de mulheres com um só marido, lenda da qual talvez fosse originada a lenda das Amazonas; o demônio das florestas ou Kurupira; o malvado

Yurupari, espécie de lobisomem; a Oiara ou gênio das águas, e outros seres antropomorfos. Os mais interessantes, porém, são os que constituem as lendas de animais, nas quais se recordam as proezas dos macacos, dos tapires, dos jabutis, dos urubus e de uma porção de outros animais.

Proponho-me tratar aqui de uma classe de estórias de animais, da qual os indígenas são muito apaixonados, isto é, as que se referem à tartaruga terrestre do Brasil.

O jabuti, como lhe chamam os portugueses, ou Yauti, como o denominam na Língua Geral, é uma pequena espécie de cágado[1], muito comum no Brasil e de grande apreço como alimento. É um animal de pernas curtas, vagaroso, débil e silencioso; entretanto, representa na mitologia do Amazonas o mesmo papel que a raposa na do Velho Mundo. Inofensivo e retraído, o jabuti, não obstante, aparece nos mitos da Língua Geral como vingativo, astucioso, ativo, cheio de humor e amigo da discussão.

— *É verdade!* disse-me um índio em Itaituba, ao terminar um mito do jabuti.

— *É o diabo, e tem feito estragos!*

Em 1870, o meu guia, Lourenço Maciel Parente, ditou-me em Santarém, na Língua Geral, a seguinte lenda:

— *O Jabuti que venceu o Veado na carreira*. Na Cornell Era, de Itaca, Nova York, publiquei uma versão desta lenda, que chamou a atenção de um escritor da *Nation*, de Nova York, dando ele uma variante do mesmo mito encontrada entre os negros de uma das Carolinas.

Em 1871, voltando ao Amazonas, dei-me ao trabalho especial de tomar informações sobre esse mito, tendo

1. *Testudo terrestris, tabulata.* Schoeff. *Emys faveolata,* Mik, depressa Merr. V. Martins, Woertersammelung etc., S. 455, *sub voce* Jaboti.

o prazer de ouvi-lo contado pelos índios em toda a parte por onde passei. O meu amigo Dr. Joaquim Xavier de Oliveira Pimentel, Capitão-de-Engenheiros do Exército Brasileiro, mandou-me uma variante da mesma lenda, encontrada em Tabatinga, e o Dr. Couto de Magalhães achou recentemente o mesmo mito no Pará, de modo que ele parece ser conhecido em todos os lugares onde é falada a Língua Geral. Em 1870, em Santarém, informaram-me que o mito era de origem Mundurucu; agora, porém, tenho dúvidas a este respeito, parecendo ele estar inseparavelmente ligado à Língua Geral.

A lenda é a seguinte:

I. COMO O JABUTI VENCEU O VEADO NA CARREIRA

Um jabuti encontrou um veado e perguntou:

— Ó veado, o que está fazendo?

O veado respondeu:

— Vou passear em procura de alguma cousa para comer.

E acrescentou:

— E você, jabuti, onde vai?

— Vou também passear; vou procurar água para beber.

— E quando espera chegar ao lugar onde há água? — perguntou o veado.

— Por que me faz esta pergunta? — replica o jabuti.
— Porque suas pernas são muito curtas.
— Sim? — respondeu o jabuti — Eu posso correr mais do que você. Mesmo com as pernas compridas você corre menos do que eu.

— Muito bem! Apostemos uma carreira...
— Está certo — respondeu o jabuti, — quando correremos?
— Amanhã.
— A que horas?
— De manhã muito cedo...

Eng-eng[2] assentou o jabuti, que foi em seguida ao mato e chamou todos os seus amigos, os outros jabutis, dizendo:

— Venham, vamos matar o veado!
— Como você vai matá-lo?
— Eu disse ao veado — respondeu o jabuti — apostemos uma carreira! Quero ver quem corre mais. Agora vou enganar o veado. Vocês espalhem-se pela margem do campo, no mato, sem ficarem muito distantes uns dos outros e conservem-se quietos, cada um no seu lugar! Amanhã, quando começarmos a aposta, o veado correrá no campo, mas eu ficarei sossegadamente no meu lugar. Quando ele chamar por mim, se vocês estiverem adiante dele, respondam mas tenham o cuidado de não responder se ele tiver passado adiante de vocês.

Desta forma, na manhã seguinte, muito cedo, o veado saiu ao encontro do jabuti:

— Venha! — disse o primeiro — corramos!
— Espere um pouco! — disse o jabuti — eu vou correr dentro do mato!...
— E como é que você, tão pequeno e com pernas tão curtas, há de correr no mato? — perguntou, surpreendido, o veado.

O jabuti teimou que não podia correr no campo mas estava habituado a correr no mato, de modo que o veado concordou e o jabuti entrou no mato, dizendo:

2. Sim! O *ng* representa uma nasal.

— Quando eu tomar a minha posição farei um barulho com uma vara para você saber que estou pronto.

Quando o jabuti, tendo chegado ao seu lugar, deu o sinal, o veado saiu lentamente, rindo-se e pensando que não valia a pena correr. O jabuti ficou atrás sossegadamente. Depois de ter andado uma pequena distância, o veado volveu-se e chamou:

— U'i Yuatí! (Ó Jabuti!).

Então, admirado, ouviu um jabuti gritar um pouco adiante:

— U'i suaçu! (Ó Veado!).

— Pois — disse o veado a si mesmo — aquele jabuti corre mesmo!

E amiudando os passos depois de alguma distância gritou novamente, mas a voz de um jabuti ainda respondeu adiante.

— Como assim? — exclamou o veado, e correu um pouco mais até que, supondo ter seguramente passado o jabuti, parou, voltou-se e chamou outra vez, porém o grito "U'i suaçú!" veio da margem da floresta adiante dele. Então o veado começou a assustar-se e correu velozmente até que, julgando estar distante do jabuti, parou e chamou; porém um jabuti respondeu ainda em frente.

Vendo isto disparou o veado, e pouco depois, sem parar, chamou pelo jabuti, que ainda gritou adiante "U'i suaçú!" O veado redobrou as forças, mas com o mesmo insucesso. Por fim, cansado e desorientado, atirou-se de encontro a uma árvore e caiu morto.

Tendo cessado o ruído que faziam as patas do veado, o primeiro jabuti escutou. Não se ouvia nenhum som. Então o jabuti chamou pelo veado, mas não recebeu resposta. Saiu do mato e encontrou o veado estendido e morto. Reuniu o jabuti todos os seus amigos e festejou a vitória.

O mito como foi encontrado em Tabatinga parece ter a mesma forma que acabo de relatar. Abaixo transcrevo-o com as próprias frases do Dr. Pimentel[3].

O Dr. Pimentel informou-me que foi encontrada no Amazonas uma variante do mesmo mito, na qual a carreira era entre um veado e um carrapato[4].

O último no começo da carreira agarrou-se à cauda do veado[5]. Durante a contenda, quando o veado chamava pelo inseto, a resposta vinha de tão perto que o veado, esforçando cada vez mais, sucumbiu pela fadiga.

O mito da corrida entre o jabuti e o veado, encontrado entre os negros do Estado da Carolina do Sul[6] é o seguinte[7]:

3. Um jabuti apostou com um veado a ver quem corria mais. Marcado o dia, o jabuti empregou o seguinte meio para vencer:
Reuniu muitos jabutis e os foi colocar pelo mato, beirando o campo designado para o lugar da corrida. Chegado o veado, somente viu o jabuti, com quem tinha feito a aposta:
— Então, está pronto, Jabuti?
— Pronto — disse ele — mas você há de correr pelo caminho e eu por dentro do mato, que é por onde sei correr.
O veado aceitou, e colocados, um na beira do mato e outro no campo, partiram ao sinal dado. O veado correu a toda a força e o jabuti deixou-se ficar.
O veado no meio da carreira gritou pelo jabuti para saber onde estava. A resposta foi-lhe dada um pouco adiante por um dos jabutis colocados de vedeta no mato. O veado redobrou de esforços e de vez em quando gritava pelo seu competidor e tinha a resposta sempre adiante. Afinal o veado caiu morto de cansaço e o jabuti ficou vencedor.
4. *Yatiyúka*, Língua Geral. Espécie de Ixodes, muito comum no Brasil, infestando especialmente as ervas e arbustos dos campos. Ataca todos os animais, mesmo o jabuti, e enterrando o seu ferrão na carne, torna-se logo do tamanho da semente da mamona, com a qual muito se assemelha na forma e na cor.
5. Isto faz lembrar a estória do Pequeno Alfaiate, que pretendeu ajudar o gigante a carregar uma grande árvore, mas em vez de ajudá-lo assentou-se num dos ramos e foi carregado pelo gigante, *O Valente Alfaiate*, Grimm.
6. Não posso lembrar-me se a estória localiza-se em Carolina do Norte ou do Sul e aqui no Rio de Janeiro é impossível verificar.
7. *Riverside Magazine*, novembro de 1868, *The Nation*, 23 de fevereiro de 1871, p. 127. Não posso garantir a exatidão do dialeto mas a estória, como está apresentada, parece-me escrita no Norte no vocabulário familiar aos negros.

"Era uma vez, assim a estória começa, o mano Veado (*Brudder Deer*) e o mano Jabuti (*Brudder Coutah*[8]) estavam apaixonados pela mesma senhorita que não escondia, contudo, suas preferências pelo primeiro. É bem verdade que ela amava igualmente o *Brudder Coutah*, mas ao *Brudder Deer* fazia-o de uma maneira toda especial... Para evitar ressentimentos, propôs a moça aos seus dois pretendentes uma corrida de dez milhas em que se deveriam empenhar, recebendo o vencedor, como prêmio, a palma da sua mão.

Feito isto, o *Brudder Coutah* desafiou o *Brudder Deer* dizendo:

— Embora você tenha pernas maiores que as minhas, mesmo assim, o vencerei... Você correrá as dez milhas por terra e o mesmo farei eu por água!

Em seguida, retirou-se, indo à casa, de onde trouxe nove membros de sua família, os quais foram colocados em cada marco de milha, permanecendo *Brudder Coutah* defronte da casa da moça, sobre o gramado.

Na manhã marcada, às nove horas, encontram-se os dois no local da partida, sendo *Brudder Coutah* interrogado por *Brudder Deer* se estava verdadeiramente disposto para a disputa, ao que respondeu afirmativamente.

A um grito, "é tempo!", partem os dois rivais. *Brudder Deer* logo alcança o primeiro marco de milha e grita, chamando o *Brudder Coutah*: *Brudder Coutah!* Respondendo ele: Pronto! Insiste, ainda, o *Brudder Deer*: Você está mesmo aí? Informa o *Brudder Coutah*: Sem dúvida alguma...

8. A Terrapin é uma espécie de tartaruga abundante no Sul dos Estados Unidos. O Terrapin propriamente dito (*Malacocklemys palustris*) é de espécie aquática ou dos brejos. A forma citada é provavelmente *wood Terrapin*. *Glyptemys insculpta*, que é às vezes encontrada nas relvas. O nome *Coutah* é de origem africana.

No próximo marco que atingiu, pára e grita:

— Alô, *Brudder Coutah!*

Respondendo ele:

— Alô, *Brudder Deer,* também já chegou?

Meio intrigado exclama o *Brudder Deer*:

— *Ki!* você vai empatar comigo, ficando desta forma com a garota!...

Ao chegar ao nono marco julgava ele ter sido o primeiro a alcançá-lo devido a dois saltos que dera. Chamou novamente, para certificar-se, pelo *Brudder Coutah* que, por sua vez, perguntou se ele já se encontrava também no local determinado. Por fim, brada o *Brudder Deer*:

— Parece que você empatará de fato comigo. *Brudder Coutah* replicou:

— Adiante, *Brudder Deer,* pois quanto a mim fiquei certo, chegarei no tempo devido!

E realmente assim aconteceu, sendo o *Brudder Deer* derrotado na corrida. *

Grimm dá uma estória semelhante de corrida entre a lebre e o porco espinho. O último coloca sua esposa no fim do sulco feito pelo arado enquanto que ele se põe na outra extremidade. A lebre, tomando um pelo outro, confessa-se vencida. Em Northamptonshire, na Inglaterra[9], a raposa substituiu a lebre, porém no mais o mito é idêntico ao da Alemanha.

Às vezes, na mitologia do Velho Mundo, é a lebre que aposta com o cágado e, confiada na sua velocidade,

---

* JOEL CHANDLER HARRIS, *Uncle Remus, his Songs and his Sayings,* ed. Appleton registra a mesma estória, no lingô *in vogue on the rice plantations and Sea Island of the South Atlantc States,* XIII — XIV. Uma variante ocorre na Carolina do Sul, *South Carolina Folk Tales,* 21 «Buddah Deer an Buddah Cootah Run a Race», *Bulletin of University of South Carolina,* Out., 1941 (C.C.).

9. *Notes and Queries,* 4 de janeiro de 1851, p. 3.

dorme, enquanto que o cágado, com perseverança mas vagarosamente, chega primeiro à meta[10].

No Sião, o mito toma a forma seguinte[11]:

"O pássaro Kruth, sem dúvida uma figura particular e limitada de Garuda**, deseja devorar um cágado (talvez a lua) que se encontra deitado à margem de um lago. O jabuti consente em ser devorado com a condição de o Kruth aceitar um desafio para uma prova de velocidade e chegar primeiro ao outro lado do lago, indo o pássaro pelo ar e o cágado por água. O pássaro Kruth aceitou a aposta e o cágado chama milhões de cágados, e coloca-se de tal modo que circundam o lago, distantes alguns passos da margem. O jabuti faz sinal ao pássaro para começar a corrida. O Kruth levanta-se no ar e voa para o lado oposto, mas quando desce já lá encontra o cágado". De Gubernatis sugere a idéia de que o mito do Sião pode representar a relação do sol para as lunações.

Na fábula dos índios orientais, em que figuram a formiga e o gafanhoto[12], dos quais a primeira representa a "nuvem ou a noite", ou Indra ou a aurora na nuvem da noite, ou a terra, e o último representa o salteador ou a lua; a formiga vence o gafanhoto na corrida, não porque ande mais depressa, mas porque os dois devem necessariamente encontrar-se, e portanto um deve passar o outro.

Na mitologia do Velho Mundo os mitos da corrida entre o jabuti e algum animal veloz, como entre a lebre

10. DE GUBERNATIS, *Zoological, Mythology*, vol. II, p. 369.
11. DE GUBERNATIS, *opus cit.* II, p. 369.

** Garuda é uma espécie de milhafre ou águia, com a forma humana, rei dos pássaros e montada do deus Vixnu. Antiquíssima divindade hindu, furtou o fogo e o amrita, licor que dá a imortalidade, trazendo-os do céu para o conhecimento dos homens. Garuda é o inimigo tradicional das serpentes (C.C.).

12. DE GUBERNATIS, *opus cit.*, vol. II, p. 244.

e o porco espinho, etc., têm sido explicados como referindo-se à corrida entre o sol, o vagaroso, e a lua, a veloz, e parece-me muito provável que os mitos semelhantes do Amazonas possam ter a mesma significação[13]. Talvez uma das razões por que se chama a lua de veado seja devido a ela ter cornos. Nos mitos sânscritos ela é representada por um veado ou uma gazela.

O Dr. Couto de Magalhães deu-me a seguinte estória que intitularei:

II. O JABUTI QUE ENGANOU O HOMEM

Um jabuti estava dançando em um buraco no chão, quando foi encontrado por um homem que o apanhou. O homem carregou o jabuti para a casa, colocando-o dentro de uma caixa e saiu. O jabuti começou, daí a pouco, a cantar. Os filhos do homem escutaram atentamente e o jabuti parou. As crianças pediram-lhe para continuar. Ele disse então:

— Se vocês gostam de me ouvir cantar, gostariam muito mais de me ver dançar.

Logo as crianças o puseram no meio da casa onde dançou, agradando a todos. Em tempo, porém, encontrou um pretexto para sair e fugiu. As crianças, assustadas, procuraram uma pedra, pintaram-na como um jabuti e a meteram na caixa. Logo que o homem voltou e, querendo cozinhar o jabuti, tomou a pedra pintada e colocou-a no fogo, onde se aqueceu e arrebentou.

13. Sugiro a comparação do mito do Jabuti e do Veado com a lenda de «Brama e da Cabra», na Hitopadesa e também com a do «Cisne Vermelho» nas lendas de Hiawatha. Depois de escritas as linhas acima, o Coronel José Fulgencio Carlos de Castro deu-me uma variante da estória do jabuti e do veado, em que um sapo substitui o jabuti. Esta variante foi obtida no Amazonas.

Entretanto, o jabuti tinha-se escondido no mato, em uma toca com duas aberturas. Enquanto o homem olhava por uma das extremidades, o jabuti aparecia na outra, e quando o homem vinha para esta, ele ia rapidamente para a outra, de modo que temos aqui mais uma vez repetido o mito da corrida do vagaroso jabuti ou o sol com a lua veloz, ou o homem. Veremos adiante o jabuti escapar da onça, entrando em uma toca por uma abertura e saindo por outra, justamente como o sol parece entrar na sua toca a oeste e sair a leste.

A seguinte estória foi-me narrada em Santarém por Lourenço Maciel:

III. COMO UM JABUTI MATOU DUAS ONÇAS

Um dia um jabuti divertia-se trepando num morro, encolhendo dentro da carapaça a cabeça e as pernas e deixando-se rolar até a base, onde chegava sem dano.

Sucedeu passar por ali uma onça (*Yauareté* em tupi, *Felis uncia*) e observar o processo. Depois perguntou:

— Que está você fazendo, jabuti?

— Ó! divirto-me, onça! — respondeu o jabuti.

— Deixe-me ver como é o seu divertimento — disse a onça.

O jabuti subiu então o morro e, como antes, desceu rolando. A onça ficou muito satisfeita e disse:

— Vou também divertir-me...

— Bem — replicou o jabuti — suba o morro e venha rolando como eu fiz...

A onça procurou imitar o jabuti, porém, no pé do morro, deu com a cabeça de encontro a um árvore e morreu.

Mais tarde apareceu outra onça e disse ao jabuti que ia divertir-se. E falou para uma árvore:

— Abre-te! — e a árvore obedeceu.

Então o jabuti entrando no tronco, disse:

— Fecha-te, árvore! — e o tronco cerrou-se, prendendo o jabuti.

Logo que este mandou-o abrir-se, o tronco obedeceu e o jabuti saiu. A onça, que tinha estado observando, exclamou então:

— Jabuti, vou também divertir-me como você esteve fazendo!

Assim, disse:

— Abre-te árvore!

O tronco abriu-se e a onça entrou.

Ela então mandou que o tronco se fechasse e foi obedecida, e tendo dito "Abre-te, árvore!" saiu muito contente. Porém isto não a satisfez, e disse para o jabuti: "Vou divertir-me outra vez". Logo a onça repetiu a experiência mas quando entrou na árvore, o jabuti disse: "Fecha-te, árvore, para sempre!" e a onça, ficando presa, morreu.

Ambas as partes desta lenda parecem ter a mesma significação, e representam a vitória do sol sobre a lua durante as lunações. Na primeira parte da estória o sol descamba para o ocaso, surgindo outra vez ileso, porém a lua, intentando seguir o exemplo, é extinta. O mito, se esta for a verdadeira explicação, parece incompleto, e aventurarei a idéia de que talvez, procurando, seja encontrada a verdadeira forma, que provavelmente deve ser a seguinte:

A onça, ou a lua nova, encontra o sol, ou o jabuti, justamente quando ele tem chegado ao ocaso, e deseja seguir o seu exemplo. No dia seguinte, e por muitos dias, ela é bem sucedida, porém mais tarde, depois de perder gradualmente o seu vigor, a onça (a lua cheia) desce e é extinta.

Na segunda parte, o sol no ocaso, ou o jabuti, fende o mato ao anoitecer e desaparece nele para surgir outra vez ileso de manhã. A lua ou a onça segue o seu exemplo sem dano, porém repetindo a experiência é destruída, parecendo provavelmente ao índio a extinção da lua cheia uma destruição, sendo a lua nova uma outra lua, ou segunda onça.

Que o jabuti entre, seja preso e saia intacto do mato, é a forma mais natural para o mito; porém, em uma região coberta de matas como o Amazonas, o sol ordinariamente parece que se põe entre as árvores e nasce do meio delas. O sol também tem o poder de rachar os troncos das árvores; no último caso ele executa a ação à distância, como se fosse mandando.

O fendimento da terra, e de rochas e árvores, causado pelos heróis solares, é comum nos contos mitológicos de todo o mundo, e há muitas lendas que se assemelham com a segunda parte da que foi relatada acima.

Nas fábulas dos Hotentotes, de Bleek (p. 64), a mulher Nama e seus irmãos, quando perseguidos pelo elefante, dirigiram-se a uma rocha nestes termos: "Pedra dos meus antepassados, abre-te para nós!" A rocha abriu-se e eles passaram; mas quando o elefante lhe falou do mesmo modo, a rocha só se abriu para fechar-se sobre ele, matando-o.

A casa na rocha, Itoke — *likantum* — jambali, abre-se e fecha-se ao mando de seu dono[14]. Assim tam-

---

14. CALLAWAY. *Zulu Nursery Tales*, vol. I, p. 143.

bém quando Kurangutuku disse à rocha: "Abre-te para mim, abre-te!" ela obedeceu, e ele escondeu-se nela.

Afanasieff, nas observações do primeiro livro de suas *Lendas Russas*, refere-se a um conto eslavônio, em que uma lebre encerra um urso no tronco de uma árvore[15].

Uma das mais interessantes estórias do jabuti é a seguinte, e os índios sempre relatam-na com muito gosto.

IV. COMO O JABUTI PROVOCOU UMA LUTA ENTRE A ANTA E A BALEIA

Um dia um jabuti foi ao mar para beber. Uma baleia avistou-o e disse:

— Que está fazendo, jabuti?

Este replicou:

— Estou bebendo porque tenho sede.

Então a baleia escarneceu do jabuti por causa de suas pernas curtas, mas este retorquiu:

— Tenho pernas curtas e não obstante sou mais forte e posso arrastar você até a praia!...

A baleia riu-se e respondeu:

— Deixe eu ver como você fará isso.

— Bem, — disse o jabuti — espere enquanto vou ao mato tirar um cipó!

Encaminhou-se para o mato e lá encontrou uma anta que lhe perguntou:

— Que estás procurando, jabuti?

— Estou procurando um cipó!

---

15. GREY, *Polynesian Mythology*, p. 188. Longfellow relata como o Manito da montanha:
*Opened wide his rocky doorways
Giving Pawpukkeewis shelter.*

— E o que vais fazer com o cipó? — perguntou a anta.

— Vou arrastar você para o mar!

— Ya! — exclamou a anta surpresa:

— Eu vou puxar você para o mar e, o que é mais, matá-lo-ei, porém, isso não tem importância, experimentemos qual de nós é o mais forte. Vá procurar o cipó...

O jabuti foi e voltou logo com um cipó muito comprido, amarrando uma das extremidades deles em torno do corpo da anta.

— Agora — explicou o jabuti — espere aqui enquanto eu vou ao mar. Quando eu sacudir o cipó, corra quanto puder para o mato!

Tendo amarrado uma ponta do cipó no corpo da anta, levou a outra para o mar e prendeu-a na cauda da baleia. Isto feito, disse:

— Irei para o mato, e quando sacudir o cipó puxe com quanta força tiver porque vou dar com você na praia!...

O jabuti entrou então para o mato, a meia distância entre a baleia e a anta, sacudiu o cipó e esperou o resultado. A princípio, a baleia nadando vigorosamente arrastou a anta para o mar; porém, esta, resistindo com todas as forças, conseguiu firmar-se finalmente e começou a ter vantagem sobre a baleia, trazendo-a para a praia. Então a baleia fez outro esforço e, deste modo, estiveram puxando uma para a outra, cada qual pensando que o jabuti estivesse na outra extremidade do cipó, até que afinal ambas cederam completamente exaustas.

O jabuti desceu à praia para ver a baleia, que lhe disse:

— Está bem! Você é forte, jabuti, puxei com toda força...

O jabuti desamarrou a baleia e depois de ter mergulhado na água, apresentou-se à anta, que supôs que o jabuti estivera no mar puxando-a.

— Bem vês, anta — disse o jabuti — que sou o mais forte!

O jabuti soltou então a anta que partiu dizendo:

— É verdade, jabuti, você é realmente forte...

Na Língua Geral a palavra que traduzi por "baleia" é pirá-açu, literalmente o peixe grande, sendo este o nome que os índios dão ao cetáceo que é para eles o peixe por excelência. Não pode ser o golfinho do Amazonas, porque este tem o nome de pira-yauára[16], ou peixe-tigre. A palavra "paraná", que traduzi "mar", é aplicada também a um rio. Maciel garantiu-me que o peixe grande era uma baleia do mar grande, uma baleia do oceano.

O Dr. Pimentel obsequiou-me com uma variante desta estória, que apresento um tanto resumida.

Um jabuti que fora cercado pela enchente de um rio, atirou-se na água para alcançar terra firme. No meio da corrente encontrou a Cobra Grande, ou a grande serpente mitológica.

— Adeus, compadre! — disse ele para a cobra.

— Adeus, compadre — respondeu esta: — para onde vais?

— Vou — disse o jabuti — derrubar uma árvore com frutas para comê-las...

— O quê? Tem você tanta força para fazer isso? — perguntou a Cobra, admirada.

---

16. *Yauára* originariamente significou tigre no Brasil, e a palavra Jaguar é sua derivada. Hoje aplica-se somente ao cão, e o jaguar é chamado *Yauareté* ou o verdadeiro *Yauára*. *Pirá* é peixe. O acento é recuado neste caso.

— Ora! Então que está pensando de mim? Vamos ver quem é mais forte de nós dois. Mas eu ficarei em terra porque não tenho força dentro d'água...

— E eu, — completou a Cobra Grande — ficarei na água porque em terra não tenho força...

O jabuti pediu à Cobra que o carregasse para terra. A Cobra acedeu e o jabuti, trepando nas suas costas foi rapidamente depositado na praia.

Combinou-se o dia da aposta e o jabuti retirou-se com tenção de não voltar jamais.

Dias depois, uma onça encontrou o jabuti e pensou em esmigalhá-lo contra uma árvore para devorá-lo, mas o jabuti não se alterou e disse para a onça:

— Ó onça! você me trata assim porque eu estou em terra; se eu estivesse na água você não se atreveria a fazer isso!...

A onça que não estava muito faminta, ficou curiosa de ver o que o jabuti faria na água. Levou-o para o rio e atirou-o nele.

Logo que a Cobra Grande viu o jabuti repreendeu-o por não ter cumprido a combinação. O jabuti desculpou-se como melhor pôde, e disse que traria imediatamente um cipó para os dois puxarem, cada um na sua ponta, a fim de ver qual era o mais forte. Então, abeirando-se na praia, disse para a onça:

— Corte um cipó grande!

A onça obedeceu. Então o jabuti disse.

— Dê-me uma ponta e quando eu fizer um sinal puxe com toda a força.

Mas o jabuti entregou à Cobra Grande a outra ponta do cipó, dizendo-lhe que aguardasse enquanto ele alcançava a praia. Deu em seguida o sinal e escondeu-se. A

Cobra e a onça começaram a puxar com força o cipó, supondo ambas que o jabuti estivesse na outra extremidade.

O jabuti havia estipulado que o vencido na luta perderia a vida. Tanto a onça como a Cobra ficaram logo fatigadas e, abandonando a contenda, fugiram o mais depressa possível, ao passo que o jabuti escapava para o seu lado.

O Dr. Couto de Magalhães achou este mesmo mito no Pará, porém a anta ou a onça é substituída pelo kaá--póra (o demônio do mato), uma espécie de gigante mitológico do mato.

Este mito talvez seja suscetível de mais de uma interpretação.

O jabuti ou o sol, tem uma luta com a onça ou com a anta, ou a lua, e vence, substituindo-se por um outro animal, caso em que temos simplesmente uma forma diferente do mito do jabuti e do veado. Isto mesmo, entretanto, sugeriu-me a idéia de que o jabuti, neste mito, seria o sol ou a lua, provocando a eterna luta das marés entre o mar e a terra[17]. Vale a pena notar que o Brasil está geograficamente situado de tal modo, que se vêem raras vezes o sol e a lua ocultarem-se no mar[18]. No Amazonas, contudo, o espetáculo do seu desaparecimento por detrás de um horizonte d'águas, é familiar ao índio. Se este mito for realmente de origem indígena, seria interessante descobrir se ele originou-se no Amazonas ou na costa.

Obtive na Língua Geral, em Santarém, uma outra estória, cuja versão um tanto livre é a seguinte:

---

17. Claude d'Abbeville diz que os índios do Maranhão sabiam que o fluxo e refluxo das marés eram devidos à lua. *Histoire de la Mission des pp. Capuchins en L'isle de Maragnan.* Fol. 320.

18. DE GUBERNATIS, *Zoological Mythology*, vol. II, p. 110. Veja-se também p. 213 e REINEKE FUCHS.

V. COMO UM JABUTI MATOU UMA ONÇA E FEZ UMA GAITA DE UM DOS SEUS OSSOS

Um macaco estava trepado em uma Inajá[19] comendo frutas, quando apareceu embaixo um jabuti que, vendo o macaco, perguntou:

— Que estás fazendo, macaco?

— Estou comendo frutas de Inajá — respondeu o macaco.

— Atire uma para mim — pediu o jabuti.

— Suba, jabuti — retorquiu o macaco.

— Mas eu não sei subir.

— Então vou descer e trago você...

O macaco desceu e carregou o jabuti para cima, colocando-o em cima de um cacho de frutas. Retirou-se depois, deixando o jabuti e afirmando que voltaria sem demora. O jabuti comeu até ficar satisfeito e esperou pelo macaco, que não voltou mais. Quis descer mas não pôde, e por isso ficou a olhar para baixo, receando morrer se se atirasse ao chão.

Mais tarde apareceu uma onça e, levantando os olhos para a árvore, viu o jabuti.

— U'i Yautí! — disse ela, chamando pelo jabuti — que estás fazendo aí em cima?

— Estou comendo frutas de Inajá — respondeu o jabuti.

— Atira uma para baixo! — disse a onça.

O jabuti colheu uma fruta e jogou-a para a onça que a comeu e disse:

— *Sé reté*[20].

---

19. A palmeira *Maximiliana regia*, Mart.
20. Em uma variante, o jabuti é representado atirando somente cascas.

— Atira outra! — o jabuti obedeceu.
— Por que não desce? — perguntou a onça.

O jabuti respondeu que tinha medo de morrer. Então a onça lembrou-se de fazer uma merenda do jabuti, pelo que lhe disse:

— Não tenha medo! Salte! Eu apararei você...

O jabuti saltou para baixo mas a onça não cumpriu o auxílio, e o jabuti caindo-lhe em cima da cabeça matou-a. O jabuti, são e salvo, retirou-se então para a sua toca.

Um mês depois ele saiu a passeio para ver os restos da onça; encontrou a ossada e levou um dos ossos, com o qual fez uma espécie de gaita ou pífano, em que cantarolava quando ia a passeio:

— *Yauareté kaunguéra sereny' my'*, o osso da onça é a minha gaita!

Aconteceu que outra onça ia passando e ouviu a cantiga. Parou e escutou:

— *Yauareté kaunguéra sereny' my'* — cantarolou outra vez o jabuti.

A onça, disposta a investigar a causa, seguiu o jabuti, que se dirigiu para a entrada de sua toca.

— U'i Yaurtí! — gritou a onça — Que está dizendo você?

— O que é? — perguntava o jabuti.

— Eu ouvi você dizer *Yauareté kaunguéra sereny' my'?*

— Não disse o jabuti — Eu disse *Suaçú*[21] *kaunguéra sereny' my'!*

E imediatamente entrou na sua toca, da qual cantou:

— *Yauareté kaunguéra sereny' my'!*

21. *Suaçu*, veado. Ele nega ter dito que a sua gaita era feita de um osso de onça, mas declara ter dito que era feito de um osso de veado.

A onça ouvindo isso voltou à toca e disse:

— Eu vou comer você já, jabuti!

E ficou vigiando o jabuti; mas este fugiu por um outro buraco, enganando a onça. Um macaco, que estava numa árvore, vendo a onça esperando, chamou-a e perguntou o que estava fazendo. A onça explicou:

— Estou esperando que o jabuti saia para comê-lo...

O macaco riu muito e disse:

— Você é uma camarada estúpida. O jabuti foi-se embora. Ele não voltará enquanto não chover...

— Pois bem, se assim é — acrescentou a onça — vou passear. E retirou-se, ludibriada pelo jabuti.

Numa outra versão desta estória, o jabuti apareceu espalhando o seu *tauari*[22] para secar ao sol, na entrada da toca. A onça soprou a fim de fazer voar o tauari, esperando desta forma atrair o jabuti; mas este, muito prudente, mandou outro animal reunir o tauari e escapou ainda.

Em uma variante desta estória, obtida pelo Dr. Couto de Magalhães, a onça mete a mão na toca e agarra o jabuti, que, resistindo, grita:

— Você é uma camarada maluca! Pensa que me agarrou mesmo mas agarrou apenas uma raiz de pau! A onça, então, deixou sua presa.

O Dr. Silva Coutinho encontrou o mesmo mito entre os índios do Rio Branco. Aqui, porém, a onça deixa um sapo vigiando a entrada da toca do jabuti. O jabuti vendo-o, perguntou porque seus olhos estavam tão vermelhos e inchados, e convenceu-o de friccioná-los com uma

---

22. Casca de uma árvore grande do mesmo nome, uma espécie de *Couritari*. Esta casca, tão fina como papel, é usada pelos índios para capa de cigarros. Tauari, *Couratari macrosperna*, Smith.

certa planta que, sendo cáustica, cegou-o. O jabuti então fugiu. A onça quis matar o sapo mas este pulou para um poço. A onça chamou então um jacaré que bebeu rapidamente a água, de modo que a onça pôde agarrar e matar o sapo.

Neste mito o jabuti é ainda o sol, que vence e mata a onça, a lua. Apanhar um dos ossos da última para fazer um pífano, é uma idéia que vem naturalmente ao índio, porque ele está acostumado a fazer gaitas dos ossos dos seus inimigos. Uma outra onça ou uma outra lua, dá caça ao jabuti, que entrando na sua toca por um buraco, escapa-se pelo outro, do mesmo modo que o sol mergulha na terra ao oeste e reaparece a leste.

VI. COMO O JABUTI SE VINGOU DA ANTA

Uma anta encontrou um jabuti em um lugar úmido e, pisando em cima dele enterrou-o tão profundamente na lama que só ao fim de dois anos o jabuti pôde desenterrar-se. Quando afinal conseguiu, disse a si mesmo:

— Agora vou vingar-me da anta!

Saiu em procura daquele animal e, encontrando logo uma massa de excrementos da anta coberta de relva, perguntou:

— *Ó Teputi,* onde está o seu dono?

O Teputi respondeu:

— Meu dono deixou-me aqui há muito tempo. Só sei que ele, quando me deixou, seguiu nesta direção. Siga-o!

O jabuti seguiu na direção indicada e, depois de algum tempo, achou outra massa, à qual perguntou como dantes:

— Ó Teputi, onde anda o seu dono?

E recebeu em resposta:

— Meu dono deixou-me aqui há cerca de um ano. Siga no seu rasto e há de encontrá-lo!

O jabuti continuou na sua jornada e encontrou outra massa, que sendo interrogada, respondeu:

— Meu dono não pode estar muito longe; se você caminhar depressa, encontrá-lo-á amanhã!

No dia seguinte o jabuti encontrou uma nova massa, que disse:

— Meu dono acaba de deixar-me aqui; estou ouvindo o quebrar dos ramos que ele encontra no mato! Siga-o!

O jabuti, seguindo, encontrou logo a anta dormindo. Examinou-a cuidadosamente e então, aproximando-se com cautela, firmou as mandíbulas na coxa da anta. Esta acordou sobressaltada e disparou para o mato, sem que o jabuti abrisse os queixos. A anta, com a dor, correu até cair morta, vencida pelo cansaço. Um mês depois o jabuti voltou e deparou o esqueleto, do qual tirou um osso para mostrar aos amigos como prova de sua proeza.

No Panchatantra[23], uma coleção de lendas sânscritas, há uma do elefante e das lebres, que se assemelha muito à que acabo de narrar. É a seguinte:

Nas margens do lago Tchandrasaras moram as lebres em numerosas tocas. Os elefantes, indo beber no lago, arrasavam as tocas ao passar, matando e aleijando as lebres. A lebre, em nome da lua, onde reside o rei das lebres, protestou ao rei dos elefantes, dizendo que a lua estava zangada. A lebre mostrou ao elefante a imagem da lua na água. O elefante, agitando a água, fez com que a imagem se multiplicasse. A lebre diz-lhe que a

23. Livro III. Lenda I: veja-se DE GUBERNATIS, *Zoological Mythology*, vol. II, p. 76. Também ANVAR-I-SUHAILE, Cap. IV, lenda IV.

lua estava ainda mais zangada, e com isso o rei dos elefantes pediu perdão e se retirou, deixando as lebres em paz.

Conforme Gubernatis[24], o elefante é o sol que vai beber no lago da lua.

"A lebre previne ao elefante que se ele não se retira, se continuar a esmagar as lebres nas margens do lago, a lua retirará os seus raios frios, então os elefantes morrerão de fome."

Na lenda Kanuri da África, o elefante assenta-se em cima de um galo, e este vinga-se picando um dos olhos do elefante.

A lenda amazônica parece ser passível da seguinte interpretação: a anta é o sol, o jabuti, a lua. O sol nascente extingue a lua cheia e a enterra; mas, depois de algum empo, aparece a lua nova e começa a perseguir o sol. O fato da perseguição reproduzir-se diariamente, ficando o rasto cada vez mais patente, sugere a idéia de que o perseguidor deve ser o sol. Não seria a lenda que se tornou confusa pela troca de caracteres?

VII. O JABUTI MATA A MUCURA CONVENCENDO-A QUE DEVE ENTERRAR-SE

Um jabuti fez uma aposta com uma mucura ou gambá amazônico, para ver qual dos dois podia ficar por mais tempo enterrado. O jabuti foi primeiro enterrado pela mucura e saiu incólume. Ele enterrou então a mucura debaixo de um monte de folhas secas, onde a deixou. Alguns dias depois, voltando em procura da mucura, achou apenas um enxame de moscas.

24. *Opus cit.*, vol. II, p. 76.

Aqui o jabuti solar, que se enterra diariamente sem dano, induz a mucura noturna ou a lua a seguir o seu exemplo, resultando daí a morte desta.

VIII. COMO O JABUTI ENGANOU A ONÇA

Um jabuti e uma aranha fizeram uma espécie de sociedade e moravam juntos.

O jabuti, tendo matado uma anta, estava ocupado em cortar a carne, quando apareceu uma onça.

— Ó jabuti — disse ela — que é que você está fazendo?

— Matei uma anta e estou preparando a carne — respondeu o jabuti.

— Eu vou ajudar a você — disse a onça.

E imediatamente começou a ajudar a ela mesma, comendo a carne, com grande desgosto do jabuti. Este disse então à onça:

— Estou com muita sede e vou buscar alguma água. Aranha, continue a guardar a carne em casa...

O jabuti andou uma pequena distância, molhou-se no orvalho e voltou.

— Onde encontro água? — perguntou a onça —, eu também estou com sede...

— Vai nesta direção — disse o jabuti, indicando com o dedo. — A água está precisamente debaixo do sol. Vai muito direito, seguindo o sol e encontrarás a água.

A onça andou, andou, mas não encontrou água; assim, desapontada, voltou para acabar com a carne da anta, porém o jabuti e a aranha, enquanto a onça estava ausente, apressaram-se guardando toda a carne na casa da aranha, deixando somente os ossos para a onça.

Muito semelhante a esta é a estória africana colhida por Koelle[25]. Uma doninha e uma hiena querendo cozinhar um animal morto na caça, assentaram que a doninha iria procurar fogo. A doninha foi, mas voltou sem o ter encontrado. A hiena vendo o sol no ocaso e julgando que era fogo, levantou-se e disse à doninha:

— Tome conta da carne enquanto eu vou procurar fogo...

Depois de sair a hiena, a doninha escondeu a carne num buraco. O sol pôs-se enquanto a hiena caminhava para ele e por isso ela voltou. A doninha disse que dois homens tinham furtado a carne e haviam-na escondido no buraco, e entrando neste prometeu amarrar a carne na cauda da hiena. Em lugar disto, porém, amarrou a cauda em um pau, de modo que quando gritou à hiena para puxar, esta achou-se presa e, com os esforços que fez para livrar-se, partiu a cauda.

Ajuntarei a seguinte estória de uma conversa entre um jabuti e uma anta, a qual parece estar resumida e incompleta.

Um jabuti encontrou no mato uma anta que lhe perguntou aonde ia. O jabuti disse:

— Vou casar com a filha do beija-flor.

A anta riu-se e disse-lhe que as suas pernas eram tão curtas que ele nunca chegaria à casa da noiva. O jabuti então perguntou à anta aonde ia, e esta respondeu que ia pedir em casamento a filha do veado. O jabuti riu-se por sua vez e respondeu:

— Ya! Você jamais casará com a filha do veado!
— Por que não? — perguntou a anta.

25. *African Native Literature*, p. 166 (Hartt). René Basset resumiu o conto de Koelle no *Contes Populaires d'Afrique*, n.º 64, *La Belette et la Hyène* (C.C.).

— Porque ela correrá de você! — respondeu o jabuti.

— Pois — disse a anta — eu também sei correr. Quebro os galhos das árvores quando corro!...

ARIRAMBA E A MUCURA

Além das estórias do jabuti há no Amazonas muitas outras que me parece serem mitos solares; porém, os limites desse ensaio não me permitem tratar delas com minuciosidade.

Em uma destas estórias, o Martim Pescador casa-se com a filha do mucura e vai pescar com a sua esposa. O *uairirámba* ou Martim Pescador sacode o seu maracá; um grande peixe tucunaré sobe à flor d'água, e o pássaro o agarra e leva para terra. O mucura é invejoso e quer pescar do mesmo modo. Assim, tomando emprestado o maracá de seu genro, ele segue o exemplo e é engolido pelo peixe. A esposa corre à casa e chama o genro, que salva prontamente o sogro, mas em lastimoso estado.

Na continuação desta estória representa-se o pescador como sendo obrigado a fugir de seu sogro, que se zanga por ele rir-se da sua aventura. A mulher do pescador toma então um carrapato para seu marido, e logo depois o casal vai colher castanhas verdes. O carrapato sobe à árvore, colhe a fruta e atira-a à esposa. Depois de ter terminada a tarefa, apanha uma folha, agarra-se a ela e desce sem perigo. O mucura, invejoso, quer imitar seu gesto mas quando tenta descer, segurando-se na folha, cai com estrondo no chão.

Os mitos que tenho registrado aqui acham-se indubitavelmente muito espalhados no Amazonas, mas só os encontrei entre os índios, e foram todos colhidos na Língua Geral. Debalde envidei esforços para obter estórias entre os negros do Amazonas. O Dr. Couto de Magalhães, que me seguiu recentemente nestas pesquisas, chegou ao mesmo resultado. Parece provavelmente que os mitos são indígenas, mas ainda não considero isto como provado. Quer de origem indígena ou exótica, eles existem e são muito vulgares entre os índios, merecendo serem colecionados com cuidado e estudados.

MITOS ASTRONÔMICOS

Felizmente, não faltam provas históricas da existência de mitos celestes entre os antigos índios brasileiros. Claude d'Abbeville refere[26] que os índios Tupis do Maranhão deram nomes a muitas estrelas e constelações. À estrela d'Alva chamaram *Pira-panem*, o piloto da manhã. Entre as constelações estavam *Ouegnonmion*, o caranguejo; *Yassatin*, nome de um pássaro; *Tuyaué*, homem velho; *Conomy manipoére ouaré*, o rapaz que come manipoi; *Yandoutin*, o avestruz branco que come *ouyra-oupia* ou ovos de pássaro, representados por duas estrelas da vizinhança; *Tapity*, a lebre; *Gnopouêon*, o forno de mandioca, etc., etc.

O mais interessante, porém, asseverarem que o nome *Iaouáre*, cachorro ou mais propriamente onça, foi dado a uma grande estrela que segue logo atrás da lua e que, conforme supunham os índios, persegue a lua a fim de devorá-la. Depois das chuvas, quando a lua aparece rubra como sangue, os índios saíam de casa e, olhando

26. *Histoire de la Mission de PP. Capuchins en L'Isle de Maragnan*, Fol. 317-319.

para a lua, batiam no chão com varas, dizendo: *Eycobé chera moin goé goé; Eycobé chera moin goé hau'hau;* o meu avô esteja sempre com boa saúde.

Nos mitos que tenho apresentado interpretei a moça como figurando a lua, sendo guiado nesta opinião pela analogia. Poder-se-á, porém, perguntar se ela não significa em alguns casos pelo menos a estrela que acabo de mencionar.

Esta questão não pode ser resolvida com os dados que atualmente disponho.

Depois de publicado o que fica exposto acima, o Dr. Silva Coutinho informou-me que os índios do Amazonas não só dão nomes a muitos dos corpos celestes, como também contam estórias a seu respeito. Dizem que as duas estrelas que formam o ombro de Órion, são um velho e um rapaz numa canoa perseguindo um peixe boi, nome pelo qual é designado uma mancha escura do céu, perto da mesma constelação. Os índios dizem que primitivamente o velho, a estrela grande, estava na proa, e que o rapaz, a estrela menor, estava na popa governando. Quando o homem avistou o peixe boi ficou excitado demais para atirar, e assim trocou o lugar com o rapaz. Há uma constelação chamada pelos índios Palmeira, e perto existe uma linha de estrelas a que eles denominam Macacos, que vêm comer fruta. Uma outra constelação é chamada o Jaburu, grou (*Cicomia*) e uma outra o grou branco.

O Dr. Coutinho achou no Rio Branco um mito em que a lua, representada por uma onça, ficou enamorada de um seu irmão e o visitou de noite, sendo traída afinal, por ele ter passado no seu rosto a mão untada com uma substância preta. O mesmo mito foi encontrado no rio Jamundá pelo Sr. Barbosa Rodrigues.

NOTAS DE CÂMARA CASCUDO

INTRODUÇÃO

AMAZONIAN TORTOISE MYTHS foi publicado em 1875 por William Scully, Publisher no Rio de Janeiro, Tipografia Acadêmica, rua Sete de Setembro, nº 73. No prefácio, datado de 23 de abril de 1875, dedicava-se o trabalho ao Major Oliver Cromwell James. Hartt, A. M. era professor de Geologia na Universidade de Cornell, Itaca, Estado de Nova York. Quarenta páginas com oito episódios do jabuti e o mais se segue.

1: — How the Tortoise out-ran the deer.
2: — The Jabuti that cheated the man.
3: — How the Tortoise killed two jaguar.
4: — How the Tortoise provoked a contest of strength between the Tapir and the Whale.
5: — How the Tortoise killed a jaguar and made a whistle of one of his bones.
6: — The jabuti avenges himself on the Tapir.
7: — The Tortoise kills the Opossum by inducing him to bury himself.
8: — The Tortoise send the Jaguar in a fool's errand.

Os estudantes brasileiros na Cornell University tinham uma publicação, *Aurora Brasileira*, e nesta Hartt publicara uma pequena série de estórias do Jabuti, do Kurupira, da Oiara, etc., em outubro e novembro de 1873.

Mitos e estórias correm ainda, de memória em memória, o Brasil indígena e mestiço em adaptações e variantes.

Um ano depois do *Amazonian Tortoise Myths,* em 1876, Couto de Magalhães publicou *O Selvagem,* Tipografia da Reforma, rua Sete de Setembro, 181, Rio de Janeiro, impresso por ordem do governo. Ouvira no Rio Negro, Tapajós, Juruá, rio Paraguai, os casos do jabuti e sua coleção de dez estórias, acompanhadas do texto tupi, foi a base da bibliografia folclórica na espécie. O ensaio de Hartt, com poucos exemplares, desapareceu depressa da circulação. Desapareceu tão depressa que o Prof. Nina Rodrigues não conseguiu encontrar um só exemplar para ler.

Li o *Amazonian Tortoise Myths* na Biblioteca Nacional. Admirei-me continuar aquele folheto quase desconhecido para os estudiosos da literatura oral e da novelística brasileira. Hartt não somente fixara o conto com fidelidade e nitidez como escrevera comentários bem vivos e curiosos, estabelecendo confrontos, sugerindo aproximações temáticas, discutindo e sugerindo interpretações. Era, incontestavelmente, um precursor, veterano do folclore, no plano mais claro, preciso e ágil da sistemática.

Anos depois o meu amigo Oscar Espínola Guedes presenteou-me com uma fotocópia de um estudo muito pouco citado de Hartt, *Contribuições para a Etnologia do Vale do Amazonas,* publicado no Arquivo do Museu Nacional, tomo VI, em 1885. O autor falecera sete anos antes e já seus ossos tinham sido enviados para os Estados Unidos. Raramente falavam em Hartt. A secção XII, pp. 134-174, desse estudo era uma tradução do *Amazonian Tortoise Myths,* com pequenas alterações. Pude tranqüilamente ler e anotar e um volume nasceu nessa companhia, com o mesmo título do Cap. XII: *Mitologia dos Índios do Amazonas*.

O historiador Adauto da Câmara, cuja amizade conhece minhas predileções, ofereceu-me um microfilme do *Amazonian Tortoise Myths*. Reli-o e foi agradável tarefa traduzi-lo, reunindo algumas notas que ampliassem e atualizassem os elementos fixados pelo grande Charles Frederik Hartt.

Esta é a história desse trabalho, sonho de algumas noites no verão de 1950.

Luís da Câmara Cascudo

377, Junqueira Aires.
Natal. Julho de 1950.

I. COMO O JABUTI VENCEU O VEADO NA CARREIRA

É uma das estórias mais populares do Brasil, uma das mais vivas na memória coletiva. As versões brasileiras são várias. Para o Norte e Nordeste o jabuti é substituído pelo sapo, talqualmente Sílvio Romero ouviu em Sergipe[1] e eu na Paraíba[2]. O jabuti não é conhecido na região sertaneja e existe a outra versão que Hartt chegou a conhecer, comunicada pelo Coronel José Fulgêncio Carlos de Castro, sendo herói o sapo. Em Trinidad, México, Oaxaca, Haiti, o sapo desafia e vence o cavalo.

O jabuti e o veado têm prioridade no elenco. Couto de Magalhães[3], Santana Néri[4], Tastevin[5], Herbert H. Smith[6] registraram-no na primeira linha de representação. Koch-Grunberg[7] encontrou a façanha do jabuti entre os

1. SÍLVIO ROMERO, «Veado e o Sapo», *Contos Populares do Brasil*, XIX, e a versão Indígena de Couto de Magalhães, Jabuti e o Veado, XX.

2. LUÍS DA CÂMARA CASCUDO, *Contos Tradicionais do Brasil: O sapo e o coelho*, Rio de Janeiro, 1946, pp. 235-237.

3. COUTO DE MAGALHÃES, *O Selvagem; quarta lenda do ciclo do Jabuti*, p. 185.

4. F. J. SANTANA NÉRI, «*Le Jaboty et le Cerf*», *Folk-Lore Brésilien*, p. 191. O autor diz ter ouvido diretamente do povo no Amazonas.

5. Pe. Dr. CONSTANTINO TASTEVIN, A Lenda do Jabuti, terceiro episódio. *Revista do Museu Paulista*, São Paulo, 1927, XV, pp. 402-406.

6. HERBERT H. SMITH, *Brazil: The Amazonas and the coast*. Nova York, 1879, pp. 543-545.

7. KOCH-GRUNBERG, *Vom Roroima zum Orinoco*, Berlin, 1916, II, p. 139.

Taulipang da Guiana brasileira, gente caribe na serra Roraima.

Naturalmente essa estória já possui título entre os pesquisadores da literatura oral. Os nomes variam de acordo com os processos empregados para a vitória da astúcia sobre a resistência física. Há uma bibliografia erudita e vasta em Stith Thompson[8], Elsie Clews Parsons[9], Franz Boas[10], Dean S. Fransler[11]. Oscar Dahnhardt dedicou cinqüenta e uma páginas ilustres ao registo das variantes por todas as partes do mundo[12]. As sugestões sobre origem, modificações, transformações e formas apaixonam muita gente veneranda.

Os indígenas não sabiam quanto colaboravam para o trabalho da literatura popular comparada.

Os animais vitoriosos são os mais feios, desajeitados, vagarosos, visivelmente incapazes de um sucesso ao lado do competidor. Jabuti, tartaruga, sapo, formiga, caracol, caranguejo, carrapato, camaleão, não teriam, na lógica, vantagem sobre veados, cavalos, raposas, elefantes, lebres, cães. A maior percentagem nos animais vitoriosos pertence à tartaruga, o jabuti dos indígenas tupis.

Os processos tradicionais da estória são: A, B, C, D e E.

A) O animal vagaroso escalona os irmãos ou semelhantes ao longo da pista e eles respondem aos gritos do

---

8. STITH THOMPSON, *Motif-Index of Folk-Literature*, IV, pp. 256-257.

9. ELSIE CLEWS PARSONS, *Folk-Lore of the Antilles, French and English*, cinqüenta e seis fontes, Nova York, 1943, III, pp. 78, 82.

10. FRANZ BOAS, Notes on Mexico Folk Lore, *Jafl*, pp. 25, 249 *(Journal of American Folk Lore Society)*, 1912.

11. DEAN S. FRANSLER, Filipino Popular Tales, *Mafls*, XII, pp. 429-430, 445, *(Memoirs of the American Folk-Lore Society)*, 1921.

12. OSCAR DAHNHARDT, *Natursagen. Eine Sammlung naturdeutender Sagen, Marchen, Fabeln und Legenden*, Leipzig, 1912, IV, pp. 46-97. Citação de Fransler.

adversário veloz. É o tipo mais comum no continente americano, África e Ásia (Sião, Indochina). Os folcloristas ingleses e norte-americanos denominam: *Relay Race*. Thomas Wright menciona-a no século XIII em versão latina[12a].

B) Em vez de distribuir a família no caminho o animal astucioso segura-se na cauda ou viaja no dorso do concorrente sem que este perceba que conduz o próprio rival. É forma conhecida no continente americano, Antilhas, Jamaica, África, Europa do Norte e do Leste. Os ingleses e norte-americanos chamam-na *Riding on the back*.

C) O bicho sabido põe apenas um auxiliar na extremidade da estrada. Quando o adversário chega ao final já encontra quem se declara vencedor. É a forma mais comum no folclore europeu. Há exemplos africanos. É o *Vencedor Imóvel*.

D) O animal espalha seus aliados pelo caminho e ainda aproveita a distração do concorrente para subir-lhe às costas ou ficar preso à cauda. É uma convergência do *Relay Race* e do *Riding on the back*. Conheço um episódio da África Equatorial, registrado por Caetano Casali.

E) O astucioso faz o adversário perder tempo respondendo às perguntas, detendo-se para comer alimentos preferidos, irresistíveis, etc. É o processo clássico de Hipomene vencer Atalanta, atirando as maças de ouro, obrigando-a a demorar para apanhá-las, dando vantagem

[12a]. THOMAS WRIGHT, «A Selection of Latin Stories from manuscripts of the Threeteenth and Fourteenth Centuries. Contribution to the History of Fiction during the Middle Ages», *Percy Society*, Londres, 1843, vol. VIII, pp. 171-173, *De Cervo et. Hericio*, fab. XXXIV. Devo o microfilme dessa fábula, do exemplar existente no British Museum, ao Embaixador Muniz de Aragão.

ao rival. Nessa competição de bichos feios e bonitos a associação de idéias apareceu e o nome foi ficando. Chamo a essa forma: *Corrida de Atalanta*.

A. **RELAY RACE**

É mais popular dessas tradições no Brasil, indígena e mestiço. São as versões de Hartt, Couto de Magalhães, Tastevin, Barão de Santana Néri, Sílvio Romero (a sergipana) e a minha (ouvida em Sousa, Paraíba). Parsons regista cinco versões nas Antilhas; cavalo e sapo na ilha de Trinidad, cavalo e tartaruga em Martinica (duas variantes com os mesmos animais), identicamente em Guadalupe[13]; Chardler Harris dá a variante norte-americana da Georgia, entre Brer Rabbit (coelho) e Brer Tarrypin (tartaruga), narrada no *lingô* negro das plantações de algodão do Sul, onde o jabuti espalha a mulher e os filhos e vence o coelho[14]. Na Gasconha (França) os caracóis batem o lobo[14a].

Há outra versão, igualmente divulgada por Chandler Harris, em que o Rabbit, coelho, é substituído pelo veado, Brer Deer, derrotado pelo Brer Cooter, o mesmo Tarrypin, Terrapin, tartaruga. É uma versão dos estados atlânticos dos Estados Unidos, os campos úmidos de arroz, diverso do mundo em que Uncle Remus conta suas *myth-stories,* (com a) *genuine flavor of the old planta-*

13. ELSIE CLEWS PARSONS, *opus cit.*, I, pp. 16-17, 180-181, 181-186, II, pp. 36-37.
14. JOEL CHANDLER HARRIS, *Uncle Remus, His Songs and His Sayings*, XVIII. *Mr Rabbit find his match at last*. Nova Edição Revisada, pp. 87-93, D. Appleton — Century Company, Nova York, Londres, sem data.
14a. «Les Loups, lés Limaçons et les Guêpes», *Contes de Gascogne*, pp. 36-37, Monique Caseaux-Varagnac, ed. Albin Michel, Paris, 1948.

tion[15]. Do veado e jabuti há uma versão que Ceição de Barros Barreto[15a] fixou.

Há, nas versões do Brasil, também o elemento amoroso determinando a disputa do *Relay Race*. Jabutis e sapos às vezes pretendem a mão de alguém. Dou a versão que registei no *Contos Tradicionais do Brasil,* o sapo e o coelho.

No Brasil há um ciclo de aventuras do coelho, talqualmente o *conejo* centro-americano, o *Rabbit* norte-americano, o ágil Kabulo dos bantos. Lindolfo Gomes[16] recolheu os melhores elementos do ciclo tradicional. Minha versão é assim:

O coelho vivia zombando do sapo. Achava-o preguiçoso e lerdo, incapaz de qualquer agilidade. O sapo ficou zangado:

— Quer apostar carreira comigo?

— Com você — assombrou-se o coelho.

— Justamente. Vamos correr amanhã, você na estrada e eu pelo mato, até a beira do rio...

O coelho riu muito do desafio. O sapo reuniu todos os seus parentes e distribuiu-os na margem do caminho, com ordem de responder aos gritos do coelho.

Na manhã seguinte os dois enfileiraram-se e o coelho disparou como um raio, perdendo de vista ao sapo que saíra aos pulos. Correu, correu, correu, parou e perguntou:

— Camarada sapo?

Outro sapo respondia dentro do mato:

---

15. JOEL CHANDLER HARRIS, *opus cit.*, Introduction, pp. XIII-XIV.

15a. CEIÇÃO DE BARROS BARRETO, *O Veado e o Jabuti*, ilustrações de May Couto, São Paulo, ed. Melhoramentos, s.d.

16. LINDOLFO GOMES, *Contos Populares, episódicos, cyclicos e sentenciosos; colhidos na tradição oral de Minas*, Cyclo do Coelho e a Onça, 1.ª ed., São Paulo, Ed. Melhoramentos, s. d., pp. 38-43. Na segunda edição, Melhoramentos, 1948, pp. 48-56.

— Ôi?

O coelho recomeçou a correr. Quando julgou que seu adversário estivesse bem longe, gritou:

— Camarada sapo?

— Ôi? — coaxava um sapo.

Debalde o coelho corria e perguntava, sempre ouvindo o sinal dos sapos escondidos. Chegou à margem do rio exausto mas já encontrou o sapo, sossegado e sereno, esperando-o. O coelho declarou-se vencido[17].

Numa variante da Indochina, registrada pelo Comte. Baudesson, "au Pays des Superstitions et des Rites", 168, divulgada por Sílvio Júlio[18].

O tigre é vencido pela tartaruga, que pôs cada uma de suas companheiras nas doze colinas, terreno escolhido para o desafio.

O processo da substituição, julgado uma "constante" africana, é muito mais asiática. Hartt citou a aventura dos cágados com o pássaro Kruth em Sião, desnorteado pelo adversário múltiplo que ele julgava uno. O Comte. Baudesson citou a tartaruga da Indochina, colocando as doze companheiras no cimo das doze colinas. Nas Fili-

17. LUÍS DA CÂMARA CASCUDO, *Contos Tradicionais do Brasil*, Rio de Janeiro, Americ — Edit., 1946, p. 235. Há edições posteriores.

18. SÍLVIO JÚLIO; O esperto e o tolo num conto popular que se encontra em todos os continentes, *Revista das Academias de Letras*, Rio de Janeiro, n.º 31, pp. 63-93, março de 1941. A transcrição do Comte. Baudesson está às pp. 91-92. Sílvio Júlio conclui: «O entrecho assim uniforme, explica-se pela possibilidade de uma gênese espontânea e independente, pois os pensamentos primários são intrínsecos à natureza do homem. O que não pode entender-se com a mesma facilidade é que a técnica literária, o modo de contar, os recursos novelísticos se revelam, como se revelam, iguais, salvo se apelamos para a história das transmissões. O fundo fica esclarecido dentro da teoria da escola psicoantropológica ou das coincidências. O resto, entretanto tem de ser produto da influência de um sobre outro povo, do contacto de uma com outra nacionalidade, da sucessão das idéias através do espaço e do tempo».

pinas, (Tagalog, Pagsanjan, La Laguna, Lubao, Pampanga, etc.) a tartaruga dispõe sete amigos no topo de sete colinas e derrota o carabao ou o caracol usa de meio semelhante para vencer o veado[19]. Em Bornéu o *omong* (*hermit-crab*) põe três companheiros na pista e vence o *plandok* (*mouse-deer*)[20]. A influência asiática nas Filipinas e Bornéu vale por indicação da persistência e popularidade do *Relay Race*.

João Ribeiro[21] comentou esse "conto de aposta" citando dois episódios africanos. Entre os Duala do grupo banto enquanto a lebre corre, vai sendo saudada pelos filhos do cágado escondidos pelo caminho — *Lauf Haslein lauf!* Numa versão do Camerum do mesmo grupo os parentes do cágado gritam à lebre que passa correndo:

— *Guten Tag, Herr Hase!*

Uma variante da Argentina, de Santiago del Estero, zona de influências étnicas variadas e complexas, mesmo de fundo indígena[22] dirá de mais uma adaptação pois aí os corredores são o sapo e o avestruz, *la carrera del sapo con el suri* nesta aposta o sapo espalha seus companheiros de trecho em trecho e ganha folgadamente o desafio[23].

19. DEAN S. FANSLER, *Filipino Popular Tales*, pp. 428-429.

20. IVOR H. N. EVAŃS, Folk Stories of the Tempassuk and Tuaran Districts, British North Borneo, *Journal of the Royal Anthropological Institute of Great Britain and Ireland*, Londres, n.º 43, pp. 475-476, 1913.

21. JOÃO RIBEIRO, *O Fabordão; Contos Populares de Aposta*, pp. 166-170, o conto dos Dualas está em SEIDEL, *Das Geistesleben der Afrik, Negerwolker*, p. 162; a versão de CAMERUM, T. VON HELD, *Marchen und Sagen der Afrik, Neger*, p. 98. JOÃO RIBEIRO escreveu: «Este conto se há de considerar uns dos produtos mais primitivos e arcaicos da psicologia popular e pertence de certo à camada paleozóica do fabulário». Dava-o como africano. Rio de Janeiro, 1910.

22. ANTONIO SERRANO, *Los Primitivos Habitantes del Territorio Argentino*, Buenos Aires, 1930.

23. ORESTES DI LULLO, *El Folklore de Santiago del Estero; Material para su estudio y ensayos de interpretación; Fabulas*, Buenos Aires, 1943, p. 260.

B. RIDING ON THE BACK

Um médico militar, Dr. Joaquim Xavier de Oliveira Pimentel, registou no Amazonas e comunicou a Hartt a versão curiosa em que o carrapato vence o veado, pendurando-se-lhe à cauda. É uma das formas populares na Europa. Consta da coleção de contos russos de Afanasiev, conhecida na literatura oral da Finlândia, Lapônia, Estônia, Livônia. É o Mt-250 de Aarne Thompson, *Swimming Match of the Fish*: a perca agarra-se ao rabo do salmão e ganha a corrida. É o Mt-275, *The Race of the Fox and the Crayfish*. O caranguejo usa o mesmo processo da perca, segurando-se à cauda da raposa, ganhando a aposta[24].

Numa versão que Parsons registou no Haiti (Jaemel) o gato viaja escondido num saco carregado pelo cão e, desta maneira, chega primeiro à casa da namorada em Paris. Depois o cão encontrou o gato dormindo à sombra das árvores e quebrou-lhe o pescoço. A estória é *Chien avec chatte yo raimé yun fi' à Paris,* na linguagem haitiana[25].

Hartt, divulgando a versão amazonense do carrapato e do veado, lembra um símile europeu, a estória do *alfaiate valente*, dos irmãos Grimm, onde o rapaz, fingindo disputar forças com o gigante, é carregado por este, trepando-se na árvore que o mesmo levava aos ombros. Parsons dá oito versões nas Antilhas. Alfredo Ibarra Jr. registra o episódio da corrida entre o leão e o grilo no

---

24. Para a bibliografia desse *Riding on the back* ver STITH THOMPSON *Motif-Index*, IV, p. 257; ANTTI AARNE, *The Types of Folk-Tale*, p. 42; PARSONS, *Folk-Lore of the Antilles, French and English*, III, p. 80.

25. ELSIE CLEWS PARSONS, *Folk-Lore of the Antilles, French and English;* II, pp. 504-505.

México, *Cuentos y Leyendas de México*, México, D.F. 1941, 141.
Foi ouvido no Estado de Hidalgo.

C. O VENCEDOR IMÓVEL

Engana-se o concorrente dispondo um auxiliar no fim da pista. Fingindo acompanhar a corrida, ocultando-se, o substituto se proclama vencedor, incontestado, indiscutível pela semelhança. Hartt cita um episódio dos Grimm. O porco-espinho ou ouriço-caixeiro manda a mulher ficar no extremo do sulco aberto pelo arado, lugar da corrida entre ele e a lebre. Corre a lebre e encontra, ao final, o ouriço-caixeiro, repousado, aguardando o rival... vencido. Assim na Alemanha. Na Inglaterra central é a raposa quem substitui, na derrota, a lebre ludibriada[26], comum nas *stories* de Northamptonshire.

O engenheiro Gustavo Dodt[27] escreveu a Couto de Magalhães, comentando as estórias do jabuti, dando notícias das versões alemãs:

— Queria dar duas notícias relativas às lendas tupis que publicou na sua obra. A primeira refere-se à nota do Dr. Hartt de ter-se encontrado a lenda do Jaboti que excede o veado em velocidade, não só no Brasil, mas na África e no Sião. A isso devo ajuntar que a mesma fábula se acha na Alemanha, e só que os animais que nela figuram, são naturalmente outros, fazendo uma espécie de porco-espinho o papel do jabuti, e a lebre o do veado. A outra é que o desfecho da fábula entre a onça e a raposa (p. 237) e

26. Uma N. da R. informa a semelhança do episódio com a narrativa do *Uncle Remus* na Georgia, *The Folk Lore of the old plantations*. Há a corrida mas o processo é do escalonamento em ambas as versões de Chandler Harris, a n.º XVIII, onde Brer Tarrypin coloca a mulher e os três filhos na estrada para iludir Brer Rabbit, e a outra, que transcrevo integralmente.

27. SILVIO ROMERO, A Poesia Popular no Brasil, *Revista Brasileira*, Rio de Janeiro, VI, pp. 150-151, 1880.

que, como indica, é diferente da fábula análoga grega, se acha tal e qual numa antiga fábula alemã com a única diferença, que a onça é substituída por uma serpente que por descuido foi apanhada por um laço, e a raposa por um homem. O juiz é no princípio o lobo, que dá sua sentença em favor da serpente na esperança de obter sua parte da presa; o homem, porém, apela e o juiz da segunda instância é o corvo, que, pelo mesmo motivo, confirma a sentença, finalmente em terceira instância é o juiz a raposa que manda repor tudo no seu estado primitivo, dando ao homem a faculdade de libertar de novo a serpente ou não[28].

Não conheço exemplo brasileiro nem fonte bibliográfica informadora. João Ribeiro (*Fabordão*..., 167) dá uma versão africana de Konde, em Moçambique.

O cágado aposta saltar por cima do elefante. Esconde a mulher do outro lado do animal e prepara-se.

— Anda, — diz o elefante — salta lá!

— Hôp! — faz o cágado fingindo saltar e escondendo-se nas ervas.

— Hê! — exclama a mulher do cágado do outro lado.

O elefante verifica e convence-se do salto. Figura em Renê Basset (*Contes Populaires d'Afrique*, Paris, Guilmoto, 1903, nº 108). Entre os crioulos do Cabo Verde, Parsons encontrou duas versões para os quadros C (*Vencedor Imóvel*) e E (*Corrida de Atalanta*).

Assim foi a aposta do cangulo e o escalope (marisco bivalve).

— Eu sou o peixe mais forte do mar! — disse o cangulo.

Os dois escalopes combinaram, planejando que um tomaria posição no princípio e o outro no fim da pista.

---

28. Esse tema do *animal ingrato* é universal. Consta das fontes mais antigas. Estudei-o nas notas ao conto de Angola, *A gratidão do Leopardo*, HELI CHATELAIN, *Folk-Tales of Angola*, XVIII, *Os melhores contos populares de Portugal*, Rio de Janeiro, 1944, pp. 191-194.

Quando o cangulo chegou, já o escalope estava na sua frente. O cangulo ficou maravilhado por ter sido derrotado pelo escalope, ele, o mais forte peixe do mar[29].

O modelo citado por Hartt, Grimm, Dodt, como familiar à Inglaterra e Alemanha é popular em Espanha onde Aurélio M. Espinosa registrou as versões de Rasueros (Ávila), Córdoba, Santiponce (Sevilha), Tudança (Santander), Cuenca e Palazuela de Munó (Burgos), compreendendo os tipos A, B e C.

Do modelo C é bastante essa recomendação do ouriço (*erizo*) à sua mulher:

— Conque liebre y hemos hecho una apuesta a ver quién corre más.
— Pero que has hecho? — le dice la eriza.
— Cómo vas a correr más que la liebre?

Y la contesta el erizo:

— Pues muy bien lo vamos a arreglar. Te vienes tú commigo muy tempranito y nos vamos a una tierra arada, y tu te pones a la punta de un surco y yo me voy con la liebre a la otra punta de onde hemos de partir. Y à allá me quedo yo y cuando la liebre ya vaya llegando onde tú estás, gritas, "Ya estou aqui yo", y verás como le ganamos da apuesta[30].

E efetivamente ganharam... É uma ligeira variante do *marchen* dos irmãos Grimm. Há uma versão em Portugal semelhante. *O Sapo e a Raposa,* registrada por Francisco Xavier d'Ataíde Oliveira, *Contos Tradicionais do Algarve,* II, Porto, 1905, 332-333.

29. ELSIE CLEWS PARSONS, «Folk-Lore from the Cape Verde Island». *Mafls,* I, pp. 308-309, vol. XV, 1923, F. Xavier d'Ataíde Oliveira registrou a variante portuguesa do Algarve, *O Sapo e a Raposa, Contos tradicionais do Algarve,* II, p. 332, Porto, 1905. Os dois sapos enganam a raposa que julga disputar a corrida apenas com um adversário.

30. AURELIO M. ESPINOSA, *Cuentos Populares Espanoles,* Califórnia, Stanford University, 1926, tomo III, p. 457 e ss.

D. CONVERGÊNCIA DO ELEMENTO A E B: RELAY RACE E RIDING ON THE BACK.

Não tenho conhecimento desse modelo nas bibliografias por mim percorridas e fontes lidas. Nunca o ouvi. Há uma exceção para um conto ouvido pelo explorador Caetano Casati, companheiro de Emin Pachá, aos negros Mambetus do Alto Sudão[31].

> Un jour de Caméleon provoqua l'Eléphant è la course. Celui-ci releve le défit et rendez-vous fut pris pour le lendemain matin. Mais pendant la nuit le caméleon place tous ses fréres de distance en distance le long de la piste à parcourir. Quand vint le jour, l'eléphant partit; le caméleon lui saute prestement en croupe. "— Tu n'es pas fatigué?" — demande le colosse au premier caméleon qu'il rencontra. — "Dutout" —, repondit celui-ci, qui se mit en devoir de faire le court trajet a lui assigné. Cette manoeuvre se renouvela nombre de fois, si bien que l'eléphant époisé renonça á la lutte et s'avoua vaincu".

E. CORRIDA DE ATALANTA

Parsons é fonte única para as três versões que recolheu, uma em Nevis, Nieves, Leeward Island, outra em Guadalupe e a última em Cabo Verde, por um emigrante da ilha do Fogo[32]. A tartaruga e o bode decidem-se a uma corrida para a conquista de uma noiva. O bode vai por terra e a tartaruga por mar. Mas nada todo o tempo gritando: — *voom, voom, voom, serena, me Turtle, here!* O bode respondia: — *M-a, ma-a ma-a serena me Goat here!*, perdendo caminho e chegou depois da tartaruga. Na versão de Guadalupe a tartaruga e o cavalo disputam a mesma noiva. Ela diz escolher quem

---

31. CAETANO CASATI, *Dix Année en Equatoria*, tradução de Louis de Hessem, Paris, 1892, p. 11.

32. ELSIE CLEWS PARSONS, *Folk-Lore of the Antilles, French and English*, II, pp. 331-332; 36-37; — *Folk-Lore from the Cape Verde Island*, I, p. 309.

chegar primeiro. A tartaruga dispõe seus irmãos ao longo da pista e, aqui e ali, planta tufos de capim da Guiné, alimento preferido pelo cavalo.

No dia da corrida, o cavalo ia comendo, comendo, sem coragem de correr e as tartarugas escondidas respondiam sempre como se estivessem atrás. O cavalo convenceu-se da vitória fácil e quando chegou ao ponto final encontrou a tartaruga cantando, dentro de casa, com a noiva. Em Cabo Verde a estória local é uma corrida da tartaruga com a veadinha (*goat-gazelle*).

Corre a veadinha pelo campo e a tartaruga pelo mar. Cada cinco milhas perguntariam uma pela outra. Cada cinco milhas a tartaruga berrava que a veadinha tinha roubado os sapatos da sua mãe. A veadinha, furiosa, ia responder, compridamente, acusando a tartaruga de ter furtado os sapatos do veado velho. E cada vez que respondia, a tartaruga ganhava uma milha de avanço. Acabou chegando primeiro.

As frases capciosas, a comida, os insultos, são formas de desesperar o adversário e fazê-lo perder terreno. O rival se detém para aceitar o motivo que o retardará ao final. Corrida de Atalanta.

Há, corrente no folclore brasileiro, versão da *Le Lièvre et la Tortue,* La Fontaine, *Fables* VI X, em que a lebre, desestimando a tartaruga deixa-a avançar e não mais pode recuperar o caminho perdido, *Rien ne sert de courir; il faut partir à point*... O dr. Raimundo Dantas Carneiro colheu uma variante no interior da Paraíba (Caiçara, Bananeiras, Araruna) que teve a bondade de enviar para mim. O veado aposta com o sapo a corrida e, confiado nas pernas, pôs-se a dormir ao pé duma árvore enquanto o sapo ia pulando, infatigavelmente. Quando acordou e correu até a lagoa, gritou, conforme o combinado:

— *Corré, corré, Mangafun-gará!*

E o sapo, vitorioso, respondia:

— *Melindroso, melindroso! Qu'eu já estou cá!*[33]

É a forma clássica de Esopo (n.º 339 ed. tor. Buenos Aires, vol. sem data).

II. O JABUTI QUE ENGANOU O HOMEM

Hartt teve esse episódio de Couto de Magalhães, ouvido no rio Juruá, Amazonas. O Jabuti assoprava sua *memi* (flauta) quando o homem, ouvindo, chamou-o e carregou-o para casa, atraído pelo som. Explica assim:

— "No décimo episódio, o Jabuti é apanhado pelo homem que o prende numa caixa, ou de um patuá, como diz a lenda: preso, ele ouve dentro da caixa, o homem ordenar aos filhos que não se esqueçam de por água no fogo para tirar o casco ao Jabuti, que devia figurar na ceia. Ele não perde o sangue-frio: tão depressa o homem sai de casa, ele, para excitar a curiosidade das crianças, filhos do homem, põe-se a cantar; os meninos aproximam-se; ele cala-se: os meninos pedem a ele que cante mais um pouco para eles ouvirem: ele lhes responde: — ah! vocês estão admirados de me verem cantar, o que não seria se me vissem dançar no meio da casa? — Era muito natural que os meninos abrissem a caixa: que crianças haveria tão pouco curiosas que quisessem deixar de ver o Jabuti dançar? Há nisto uma força de verossimilhança cuja beleza não seria excedida por La Fontaine. Abrem

---

33. A bibliografia das corridas de aposta entre animais é extensa. Poderá o leitor encontrá-la, a maior que conheço, no *Cuentos Populares Espanoles*, Madrid, 1947, III, pp. 331-333, o monumental trabalho do Prof. Aurelio M. Espinosa, da Stanford University, Califórnia, U.S.A. O autor registrou 375 variantes.

a caixa, e ele escapa-se. Esta lenda ensina: que não há tão desesperado passo na vida do homem do qual se não possa tirar com sangue-frio, inteligência, e aproveitando-se das circunstâncias".

Muitos anos depois, em 1921, Tastevin recolheu no mesmo Juruá o mesmo episódio; *Yauti apiawa iruma,* vol. V de sua coleção. O Jabuti preso não canta mas toca sua flauta e promete dançar ficando livre. O homem procurou-o muito mas o Jabuti o despistava, respondendo de várias posições.

O caçador ficou *coiri,* aborrecido, e deixou o Jabuti em paz. Num conto dos negros Batequés do Congo Francês (*René Basset, Contes Populaires D'Áfrique,* n.º 147) a tartaruga presa num cofre convence aos filhos do homem que a devem mudar para um cesto. Atendida, fura o cesto e foge.

III. COMO UM JABUTI MATOU DUAS ONÇAS

Os contos de estrutura mais simples, enredo mais nítido, fácil e mesmo de pueril sugestão humorística são os mais antigos. Sua identificação decorre da mera apreciação e avaliação psicológica primitiva. As estórias velhas, como os quadros dos Primitivos, denunciam-se pelo número limitado de cores, de movimentos, de atitudes e essa intraduzível e vaga impressão de beleza, sinceridade, verismo, na força da expressão aparentemente modesta e fácil.

Menino, muitas vezes ouvi contar estórias no pátio da fazenda de criar ou nas cidades onde estudei e vivi. Uma estória sertaneja, recebida com risos, nunca me deliciou e se fez compreender. A Onça perseguia o camarada Bode e este, de finório, conseguiu atraí-la até uma vereda onde havia armadilha de caça. Chegando à beira do fosso, o Bode saltou de lado e a Onça, empurrada pelo impulso da carreira, caiu no valo, estrepando-se mortalmente. Acabou-se a estória... O auditório ria gostosamente da sabedoria do Bode; o pulo de banda era o elemento sugestivo.

Há uma série elementar e geral de episódios de caça, pesca, guerra, conquista, constituindo uma espécie de velocidade inicial nos contos populares, o pequeno caso que principia uma estória. Ehrenreich, Lehmann-Nitsche, Krickeberg acreditavam numa capa tradicional antiquíssima desses episódios, difundida em todo o continente. Essa capa, como uma camada geológica, foi sendo modificada por influências incontáveis e complexas, locais e alienígenas, posteriores.

No terceiro conto da coleção de Hartt há um exemplo perfeito desses episódios antigos, desafiando significação moderna mas tendo intensa vida interior, compreensível e poderosa para a inteligência popular. A Onça quer imitar o Jabuti e se precipita, morro abaixo, partindo a cabeça de encontro a um tronco. Até onde o Jabuti colaborou para a desgraça da Onça? E onde estava o mal em que a Onça se divertisse, coitada, também? São explicações profundas e várias que o povo sente e dificilmente será capaz de fixar em palavras. A morte da Onça é o resultado de querer acompanhar o Jabuti num dos divertimentos que a encantou. A simplicidade do episódio indica sua velhice. É, para mim, um dos mais antigos casos, um dos mais primitivos dos elos na cadeia oral das aventuras do Jabuti.

O outro caso é diverso e nos leva a uma dedução nova e bem longe da primeira. O Jabuti armado de poderes sobrenaturais não é indígena. A valorização do Jabuti aos olhos indígenas está na fraqueza de suas possibilidades defensivas. A glória é sua astúcia imprevista, o ato inesperado, lógico, mas bem dentro do que realmente o Jabuti pode fazer. Quando o colocam num galho de árvore não desce porque nenhum Jabuti subiu a um ramo. Quando a Anta o pisa, ele se atola chão adentro e sobe apenas quando a chuva nivela o barro com a enxada das enxurradas. Nada de milagre, de varinha de condão, de anel encantado. Se derem ao Jabuti a lâmpada de Aladim ele se desmoralizará. Jabuti vence por ele mesmo, sem o câmbio negro da sobrenaturalidade...

Essa árvore que se abre e se fecha, acolhendo bichos como num salão, árvore obedecendo a uma fórmula de efeito irresistível, não é elemento local, participando da disponibilidade manhosa do Jabuti, do Macaco, do Coelho, do Sapo, da Cotia, dos heróis nos contos populares. Hartt cita Bleck para os Holentotes e Callaway para os Zulus, registrando o mesmo elemento maravilhoso na literatura oral africana. Nama e seus irmãos fazem uma rocha abrir-se para abrigá-los e matar depois o elefante perseguidor. Itok-Likantum-Jambali, a casa de pedra, obedece às vozes do dono zulu. Kurangutuku também comanda uma rocha. Longfellow lembra que o Manitó abre igualmente portas nos rochedos. Uma árvore abrigando criaturas reaparece na Guiné Portuguesa, entre os negros Mandingas. Uma moça bonita casou com um Iran, um espírito mau, espécie do oriental Iblis, que tomara a forma de um rapaz simpático. O marido levou-a até à floresta, despediu-se do cortejo e chegando diante de um poilão disse:

— Abre-te, abre-te, abre-te...

A árvore abriu uma porta e o Iran levou a mulher para o interior, desencantando-se. Deixava a prisioneira e saía para comer, transformado numa grande jibóia. A moça, vendo-se sozinha, cantava, historiando sua desgraça. Um tio da noiva soube de tudo, escondeu-se deixando passar a jibóia, ouvindo a fórmula para o poilão abrir a porta. Aprendeu as palavras, fez o poilão abrir-se e libertou a sobrinha, fugindo com ela para a aldeia. O Iran ficou sem a mulher. O poilão africano como a árvore de Santarém obedecia às vozes de mestres. (JOSÉ OSÓRIO DE OLIVEIRA, *Literatura Africana*, 49-51).

Essa árvore continua nos fabulários. Se o tema está na África (Bleck, Callaway, José Osório de Oliveira), ocorre no Oriente e Ocidente europeu. Na tradição cristã da Irlanda há uma árvore que oculta fugitivos, no registro de Plummer, Stith Thompson constituiu o motivo D1393. I: *Tree opens and concels fugitive* (I, 193). Na floresta da Broceliândia, Paimpont, entre Rennes e Brest, as árvores abrigavam a fada Viviana e o mágico Merlin.

Descerravam-se, como a caverna de Ali Babá, ouvindo uma fórmula verbal.

O primeiro episódio poderá ser local e possuir milhares de variantes por todas as partes do Mundo. Decorre de uma psicologia instintiva, da fixação elementar de atos simples que impressionaram a observação primitiva.

O segundo, pela presença do motivo miraculoso, a fórmula misteriosa, irresistível, não mais aparecendo noutros contos e sendo encontrada nas estórias populares africanas (Zulus, Hotentotes, Mandingas), França (Broceliândia), Irlanda (lenda católica) dirá de sua proveniência oriental, trazida pelos árabes para a África, e para o Brasil pelos africanos. Sua presença no ciclo do Jabuti é processo convergente. Figuraria, inicialmente, noutra estória, de um outro herói, animal ou homem, indo, no Brasil indígena para o Jabuti, centro de interesse regional.

IV. COMO O JABUTI PROVOCOU UMA LUTA ENTRE A ANTA E A BALEIA

É um dos contos mais populares entre a indiada. Na mesma década Hartt, Couto de Magalhães e Herbert H. Smith registraram o duelo entre dois fortes, enganados por um inofensivo, fraco e lento animal.

Hartt dá notícia de três versões: Anta contra a Baleia, cujo nome certo em nhêengatu é *Pirapoam*. Onça contra a Cobra Grande, *mboia-açu,* um raríssimo episódio em que o feio bicho se aquieta e condescende em participar de uma brincadeira, e finalmente a Baleia, ou genericamente o Peixe-Grande, *Pirá-açu,* com um gigantesco morador do mato, *Caapora-açu, caa,* mato, *pora,* morador, residente, *açu* grande.

O Jabuti é o ludibriador, vitorioso e tranqüilo.

Entre os folcloristas norte-americanos e ingleses essa estória tem sido estudada pela freqüente aparição no continente africano e América inclusive as Antilhas francesa e britânica. Chamam-no *tug-of-war,* cabo-de-guerra, lembrando o conhecido jogo atlético a que todos nós já assistimos nas competições desportivas.

A estória parece originariamente africana. Uma boa dezena de livros aponta sua popularidade entre os negros. A área geográfica é vasta, vindo desde o Cabo Verde, onde Elsie Clews Parsons registrou o duelo do elefante e da baleia e uma variante entre o lobo e a baleia, até Moçambique, fixado por J. Serra Cardoso, entre os Maputo e Pedro Augusto de Sousa e Silva entre os Tongas da Zambésia. Para o interior, Stannus ouviu-o aos Wayo da Niassalândia. Compreende sudaneses e bantos, adaptando seus heróis às tradições locais, coelho, tartaruga, aranha, gato bravo (Simba dos Maputo).

Elsie Clews Parsons teve-a dos crioulos do Cabo Verde, ilha de São Nicolau[34]. Viriato Augusto Tadeu ouviu-a dos Mandinga da Guiné Portuguesa[35]. Cronise e Ward na Serra Leoa[36]. Trautmann na Costa dos Escravos[37]. Treamearne e Rattray, entre os Hausás[38][38a]. Dayrell, Basden, Thomas, na Nigéria[39],[39a],[39b]. Robert H. Nassau entre os Mpongwe, Pauwe, Fanwe, Fang, Fan, d:strito do Gabão, no Congo Francês[40]. Mansfeld no Cross River, Camerum[41]. Smith e Dale na Rodésia do Norte[42]. Stannus entre os Wayo do Nysaland Proctetorate[43]. Serra Cardoso entre os Maputo de Moçambique[44]. Pedro Augusto de Sousa e Silva entre

---

34. ELSIE CLEWS PARSONS, *Folk-Lore from the Cape Verde Island*, I, pp. 83-84.
35. VIRIATO AUGUSTO TADEU, *Contos do Caramô; Lendas e Fábulas Mandingas da Guiné Portuguesa*, pp. 47-48.
36. CRONISE e WARD, *Cunnie Rabbit, Mr. Spider and other Beef*, pp. 118-119.
37. TRAUTMANN, La Littérature populaire à la Côte des Esclaves, IV, p. 38 (Travaux et Mémoires de l'Institut d'Ethnologie, Université de Paris).
38. TREAMEARNE, Fifty Hausa Folk-Tales, *The Folk-Lore*, XXI, p. 203.
38a. RATTRAY, *Hausa Folk-Lore, Customs, Proverbs, etc.*, I, pp. 82-83.
39. DAYRELL, *Folk-Stories from Southern Nigeria, West Africa*, pp. 104-106.
39a. BASDEN, *Among the Ibos of Nigeria*, p. 277.
39b. NORTHCOTE W. THOMAS, *Anthropological Report on the Ibo Speaking Peoples of Nigeria*, Pt. III, pp. 145-146.
40. ROBERT H. NASSAU, *Where Animals Talk*, pp. 37-38.
41. A. MANSFELD, *Urwald — Dokumente Vier Jahre unter den Cross flussnegern Kameruns*, p. 320 (citado por E. C. Parsons); RENÉ BASSET, *Contes Populaires d'Afrique*, n.º 152.
42. SMITH & DALE, *The Ila-speaking Peoples of Northern Rhodesia*, II, p. 377.
43. H. S. STANNUS, *The Wayao of Nyasaland* (Harvard African Studies), III, pp. 334-335).
44. J. SERRA CARDOSO, O Simba, Gato bravo. Um conto dos Maputo, *Moçambique*, Lourenço Marques, n.º 4, out.-nov.-dez., 1935, pp. 82-84.

os Tonga da Zambézia[45]. Moreira entre os Fulas do Gabu, Guiné Portuguesa[45a].Todos esses pontos mandaram escravos para o continente americano. O tema podia ter sido exportado por qualquer deles.

Em livro de gente branca a estória não surgiu nem a contaram na Europa. Stith Thompson, no *Motif-Index,* fixou o assunto, K22: *Deceptive tug-of-war.* E resumiu os elementos constitutivos:

> Small animal challenges two large animals to a tug-of-war. Arranges it so that they unwittingly pull against each other (or one and of rope is tied to a tree).

O *tug-of-war* vive nos Estados Unidos justamente na região Sul, terras do algodão, do negro plantador, do banjo, das cantigas melancólicas, Geórgia e Louisiana, onde Fortier ouviu uma versão[46]. Na Geórgia, C. C. Jones Jr. recolheu outra no litoral[47].

Parsons registrou a estória nas Bahamas em 1918 e 1923. Em 1895 Charles L. Edwards publicara sua variante. Os Herskovits, *Suriname Folk Lore* (Columbia University Contributions from Anthropology, 1936, XXVII, 190-191), provaram sua existência na Guiana Holandesa. Fauset no Canadá (Folk-Lore from Nova Scotia, *Mafls*, 1931, XXIV, 52). Baissac sacudiu mais longe o disco. Encontrou o conto na Ile de France, Mauritius (*Le Folk-Lore de l'Ile-Maurice,* 26-33, Paris, 1888), no Oceano Índico.

45. JOSÉ OSÓRIO DE OLIVEIRA, *Literatura Africana,* Lisboa, 1944, pp. 187-188.

45a. JOSÉ MENDES MOREIRA, *Fulas do Gabu,* Bissau, 1948, p. 240.

46. FORTIER, «Louisiana Folk-Tales», *MAFLS,* I, 1895, citado por E. C. Parsons.

47. C. C. JONES JR., *Negros Myths from the Georgia Coast,* pp. 78-81, citado por Parsons.

Na coleção de Joel Chandler Harris, *Uncle Remus,* XXVI, *Mr. Terrapin shows his strength,* a tartaruga mede-se com o urso, *Brer B'ar,* amarrando uma extremidade da corda numa raiz, debaixo d'água e deixando o urso esfalfar-se inutilmente. É uma versão da Geórgia, norte-americana. Em San José da Costa Rica, o tio Coneio consegue pôr o cabo-de-guerra entre o elefante e a baleia, num conto de Carmen Lyra, "Cómo tio Conejo les jugó sucio a tia Ballena y a tio Elefante (*Cuentos de mi Tia Panchita,* 136-140). No Brasil indígena, além das versões de Hartt, Couto de Magalhães, Joaquim Xavier de Oliveira Pimentel, há a de Herbert H. Smith, entre o jabuti e o tapir (anta), *Brazil: The Amazonas and the coast,* Cap. XVIII, 545-546, Nova York, 1879.

Elsie Clews Parsons, numa pesquisa sistemática nas Antilhas Francesa e Inglesa[48], registrou a estória na Trinidad, Saint Vincent, Martinica, Montserrat, entre a baleia e o elefante, provocados pelo coelho, exceto em Saint Vincent, onde o *Rabbit* é substituído pela aranha, Nanci. Em Marie Galant o elefante é mudado pelo Zamba, ente assombroso vivendo nas matas, mágico e antropófago. Mas é sempre o coelho o excitador do embate. No Haiti há mutação no elenco. O encontro verifica-se entre o *Grand Diable* e o *Maitre de la Mer.* O *Rabbit* é *Pied Maitre,* um pobre homenzinho astuto e faminto que enriquece.

Na Argentina[49] o herói é o Quirquinchu (tatu) e um potro *orejano, sin marca y selvaje.* O processo é idêntico ao norte-americano da Geórgia em *Uncle Remus.* O Quirquinchu amarra a ponta da corda numa raiz, no fundo

48. ELSIE CLEWS PARSONS, *Folk-Lore of the Antilles, French and English,* I. pp. 16-101-102-179-180, II: 263-264, 294-295, 514, III: pp. 77-78.

49. RAFAEL CANO, *Del Tiempo de Naupa.* Folklore Norteno, Buenos Aires, 1930, p. 225.

de um buraco, enlaçando com a outra o potro que é derrubado quando se esforça para puxar o tatu.

Para o Sul, Centro e Nordeste do Brasil não há estória em que o tatu figure como personagem simpático. É um dos mais esquecidos pela memória popular. Curt Nimuendaju, entretanto, encontrou episódios que são contados no Amazonas como sucessos do Jabuti pertencendo ao Tatu e o mesmo sucede na Argentina, em San Luís de la Punta, por exemplo[50].

A estória só ocorre onde há o negro ou o mestiço do negro. Sua presença entre os indígenas do Amazonas implica a discussão do ciclo simultâneo. A divulgação do episódio entre os negros africanos, sem contato ameríndio, dirá a que ponto chega a semelhança do tema.

A versão dos Tongas da Zambézia (*Literatura Africana*, 187-188):

Um dia foi o coelho ter com o elefante para ser amigo dele, depois de jogarem a ver quem tinha mais força.

O elefante, muito admirado do atrevimento do coelho, disse que sim, e combinaram o dia em que haviam de realizar o jogo.

O coelho vai também ter com o cavalo-marinho (é o hipopótamo) e faz-lhe a mesma proposta. O cavalo-marinho, muito admirado também da importância do coelho, disse-lhe também que sim, e o coelho arranjou que fosse marcado o mesmo dia e hora que tinha ajustado com o elefante.

O coelho foi para a sua palhota e arranjou uma corda muito comprida e muito forte.

50. ROBERT LEHMANN-NITSCHE, El Jabuti y el Quirquincho. Héroes de una fábula del Amazonas y de San Luis, Republica Argentina. Sep. do tomo II da *Obra del Cincuentenario*, Buenos Aires, 1936, pp. 195-200. (Instituto del Musco de la Universidad de La Plata).

Chegou o dia marcado e o coelho foi com a corda ao encontro do elefante que deixou que ele lhe amarrasse a corda ao pescoço. Depois disse-lhe:

— Agora vou para a praia e de lá puxo a corda.

Foi o coelho a seguir ter com o cavalo-marinho e disse-lhe o mesmo que tinha dito ao elefante, amarrando-lhe também a corda ao pescoço.

Vai depois ao meio da corda e começa a abanar com ela. O elefante e o cavalo-marinho puxam valentemente durante um dia inteiro e nenhum recua, até que a corda partiu.

O coelho vai logo ter com o elefante e diz-lhe:

— Ver? quem tem mais força? — e tirando-lhe o atado da corda do pescoço propôs-lhe que fiquem amigos, e o elefante concordou.

Vai ter em seguida com o cavalo-marinho, faz lhe a mesma proposta e o cavalo-marinho também ficou de acordo.

Assim ficaram todos os três muito amigos, e o elefante e o cavalo-marinho enganados pelo coelho.

Um resumo da mesma estória, desta vez entre os Mossi, Mõchi, Moré, no Sudão Francês. Bem distante dos Tongas da Zambézia, outra raça, outro idioma, outra organização política, outra situação geográfica[51].

Uma lebre comeu muito tempo afiançada pelo elefante e fizera o mesmo com o hipopótamo. Ela disse ao hipopótamo:

— Dentro de sete dias pagar-te-ei com um boi.

E repetiu o mesmo ao elefante. Decorridos os sete

---

51. BLAISE CENDRARS, *Anthologie Nègre*, Cap. XIX, Fábulas n. 94 Le Lièvre, 1927; l'Elephant et l'Hippopotame, conte môssi, Paris, 1927, p. 279. 1927.

dias levou o elefante à margem de um alagadiço e lhe entregou a extremidade de uma corda. O hipopótamo, que estava no lamaçal, recebeu a outra ponta da corda. A lebre disse ao elefante que puxasse a corda que prendia um boi. E disse a mesma cousa ao hipopótamo. O elefante puxou e o hipopótamo também. Saiu o hipopótamo d'água e viu o elefante e este ao hipopótamo. Explicaram a história, etc.

Um emigrante da ilha de São Nicolau, de Cabo Verde, contou a Elsie Clews Parsons[52], uma variante em que o coelho provoca a luta entre a baleia e o elefante, mas os disputantes, próximos ao esgotamento físico, descobrem o logro em que caíram mas não se vingam, temendo os poderes mágicos do coelho que os convencera de poder matá-los simplesmente apontando com o dedo. Esse elemento reaparece na literatura oral brasileira, vindo dos negros do Congo-Zambézia, na IV área cultural de Herskovits, na região Banto. Leo Frobenius[53] resume um conto do Sul em que o negro Mutempo era *muloschi*, feiticeiro, e iniciou seu filho Tembotembo entre os Muloschis, fazendo cair frutas das árvores pela voz e podendo matar pela simples indicação com o dedo. *Tu es Mouloschi á prêsent. A l'avenir, quand tu montreras un homme du doigt; il mourra*. E Tembotembo matava quem queria, apontando apenas com o dedo. Esse elemento aparece num conto da coleção de Silva Campos, *A Onça e o Bode*[54], e o inclui, com algumas notas, nos *Contos*

---

52. ELSIE CLEWS PARSONS, *Folk-Lore from the Cape Verde, Island*, II, pp. 58-59, n.º 27.
53. LEO FROBENIUS, *Histoire de la Civilisation Africaine*, 6.ª ed., pp. 253-254.
54. J. DA SILVA CAMPOS, «Contos e Fábulas Populares da Bahia», in *O Folk-Lore no Brasil*, Rio de Janeiro, Basílio de Magalhães, 1928, pp. 166-168.

Tradicionais do Brasil[55]. O Bode convenceu a Onça de ter morto uma sua companheira apontando-a com o dedo e afugentou-a, ameaçando repetir a façanha.

A percentagem quase total dos *compéres* denuncia, em parte, país marítimo: a baleia e o elefante, África e Ásia. As adaptações norte, centro e sul americanas, se é que o coelho (*Conejo*) não haja vindo dos bantos com sua auréola de vitoriosa astúcia, não defendem a originalidade do assunto. É um dos contos visivelmente trazidos pelo negro africano, para o continente americano, como o levou às ilhas do Cabo Verde. Não conheço variante européia ou oriental.

Será o *tug-of-war* originariamente africano? É o *Eleustinda* dos Gregos, popular nos ginásios (*Daremberg & Saglio, Dictionnaire des Antiquétes Greecques et Romaines*, IX, 1360).

V. COMO UM JABUTI MATOU UMA ONÇA E FEZ UMA GAITA DE UM DOS SEUS OSSOS

Essa estoriazinha tem dado assunto para muita conversa erudita. Está em Couto de Magalhães, Herbert H. Smith, Tastevin e Curt Nimuendajú encontrou-a no alto

---

55. LUIS DA CÂMARA CASCUDO, *Contos Tradicionais do Brasil*, pp. 257-258. Estudo posterior evidenciou a origem africana do conto II da coleção de Silva Campos. Ver W. R. BASCOM, *JAFL*, vol. 56, n.º 220, p. 128. O personagem é o bode, *goat*. O conto é iurubano. René Basset (*Contes Populaires d'Afrique*, Paris, 1903, n.º 87, resumindo um conto do coronel Ellis, ouvido aos negros da Guiné Francesa (os Ewhé de Togo), divulgou episódio idêntico entre a hiena e o gato selvagem. É popular no Haiti, REMY BASTIEN, «Anthologie du Folklore Haïtien», 70, *Le Bouc et Le Tigre* (México, D. F. 1946). Uma variante ocorre no Paraguai, *O bode astucioso, Stories From the Americas*, Frank Henius, 122, tradução brasileira de Aída de Carvalho Bergstroem, São Paulo, Ed. Melhoramentos, sem data.

56. KOCH-GRUNBERG, *Vom Roroima zum Orinoco*, II, pp. 134-138. Devo ao Pe. Bernardo Biker a tradução do trecho.

Curuá, entre os indígenas Xipaia, que são lingüisticamente tupis, sendo o Jabuti substituído pelo tatu (*Dasipódidas*). Mas uma boa parte do conto vive nas narrativas dos Taulipáng, caribes da Guiana brasileira, estudados por Koch Grunberg[56], com o Jabuti. O conto saiu dos tupis e aparece noutro povo.

Hartt contou-a encadeadamente até à fuga do Jabuti. A cena da Onça segurá-la pela pata e soltá-la acreditando ter agarrado uma raiz consta em Couto de Magalhães, Smith, Tastevin e mesmo de uma versão de Sílvio Romero[57], ouvida na população mestiça do Norte, entre Sergipe e Pernambuco.

Os entendidos ensinam que a estória se divide em três fragmentos que são perfeitamente independentes e contados sem a subordinação à fase seguinte. O Jabuti vê o macaco comendo frutas e termina carregado e abandonado no alto da árvore, é um tema. A Onça o vê, pede fruta e o Jabuti salta-lhe em cima, matando-a, é outro episódio. O caso da gaita, flauta, pífano, membi, feito com a canela da Onça, perseguição desta, o Jabuti fica dentro do buraco guardado ou não por um animal amigo da Onça e consegue escapar, é o último. Aparecem isolados mas são nitidamente fases de uma série de aventuras, de feitos, a poranduba do Jabuti.

Fazer uma flauta do osso de um inimigo vencido era o supremo troféu para os primitivos. Não sei se é de boa política chamar aos romanos de "primitivos", mas eles denominaram suas flautas tíbias, denunciando o uso desse osso da perna. Couto de Magalhães ensina[58]:

57. SÍLVIO ROMERO, «O Jabuti e a Onça», *Contos Populares do Brasil*, Rio de Janeiro, XVIII da II.ª secção; n.º 69 na ed. de José Olympio.
58. COUTO DE MAGALHÃES, *O Selvagem* (Curso de língua tupi ou nheengatú), 1876, p. 195.

— Tirar o osso da canela do inimigo para com ele fazer uma flauta, era entre os selvagens um dever de todo guerreiro leal e valente. Aqueles que quiserem ver o que são essas flautas ou MEMIS encontrarão numerosas no Museu Nacional, feitas de canela de onça e julgo que também de canelas humanas. Compreende-se, a vista disso, o prazer e orgulho com que o jabuti tocaria em um memi feito de canela de onça, pois equivalia isso a celebrar sua vitória sobre um animal muito mais forte do que ele.

Esse ciclo compreende a conquista da flauta do Jabuti por muitos animais e a luta do quelônio para readquirir o instrumento. O furto ou roubo do instrumento musical é um tema muito popular na África. Blaise Cendrars incluiu na *Anthologie nègre* e o *Cicle de la Rainette*, dos Ba-ronga, os Landins de Moçambique, onde a *rainette*, perereca, persegue e mata o hipopótamo que lhe furtou a trombeta.

Quando o Jabuti foge pelo buraco é preso e grita estar a Onça agarrada a uma raiz, pensando ser a pata do perseguido. Esse elemento, que Couto de Magalhães fixou, é o K543 no *Motif-Index* de Stith Thompson, *Biting the foot*:

The fox to the bear, who is biting his foot.

— *You are biting the tree root.*

The bear lets loose.

É um episódio conhecido não apenas entre negros africanos e indígenas do continente americano[59], mas na Indonésia, Grécia, Finlândia, Lapônia, Noruega, Finlândia-sueca e mesmo ocorrendo nos contos alemães dos

---

59. STITH THOMPSON, *Motif-Index of Folk-Literatura*, IV.º, 336. É o Mt-5 de AARNE THOMPSON, FF., *Communications*, vol. XXV, p. 23. A bibliografia é longa: — Kaarle Krohn, Bolte e Polivka, Hahn. Para África, Nassau, Callaway, Theal, Smith e Dale (Mpongwe, Zulus, Cafir, Ilas da Rodésia, Tongas da Zambézia, estes estudados por Junod). De Vries para a Indonésia, Malaia. Para América, Chandler Harris *(Uncle Remus)*, Elsie Clews Parsons para as Bahamas, etc.

irmãos Grimm. Na França registrou-o a Sra. Monique Cascaux-Varagnac e na Abissínia o Prof. Martino Mário Moreno[59a].

Na versão do Rio Branco que Silva Coutinho divulgou a Hartt, o jabuti fica na toca guardado pelo sapo, vigia da onça. Dizendo que o sapo está com os olhos injetados e vermelhos, o jabuti persuade-o de passar uma certa planta cáustica, cegando-o de vez. Em Tastevin o jabuti atira areia nos olhos do cururu sentinela. Smith conta um episódio da cotia (*Dasyprocta*) em que esta, seguida pela onça, se esconde num buraco e a coruja fica guardando a saída até que a onça regressasse. A cotia cega a coruja jogando-lhe areia nos olhos[60]. Na versão do tatu no Alto Curuá, este cega o tigre atirando-lhe areia ao cavar rapidamente o buraco em que se salva[61].

Esse elemento, Mt-73 de Aarne-Thompson, *Blinding the Guard,* consta apenas, na bibliografia que conheço, das terras íbero-americanas e Jamaica, onde Marta Warren Beckwith o estudou e entre os Mpongwe, os negros

---

59a. Mais la course s'achevait eu poursuit: enfim le terrier! Vulpo s'engouffra, mais pas assez vite pour que Lupinus ne le saisit par une patte de derrière. Le loup haletait, mâchoires serrées, le museau enfoul dans le terrier. Do trou sortit une voix ironique: — Tu es fou, mon pauvre ami! Pourquoi tirés-tu et mâches-tu cette racine. Elle m'est portant blen commode: c'est mon cordon de sonnette! Lupinus, stupéfait, lâche la patte du renard, que lui siffla au nez: — Imbécile! C'est ma patte que avais entre les dents! MONIQUE CASCAUX-VARAGNAC, *Contes de Gascogne*, Paris, ed. Albin Michel, 1948, 83. Identicamente entre os Galias da Abissínia: — Corri, corrií avendogli (il leone) afferrato la coda (il cercopiteco) lo ingannó dicendogli: — «Quando mai mi hai afferrato? Gli è (un ciuffo d') erba che hai afferrato, invece!» E quello, credendo (che dicesse la) verité, gli lasciò andare la coda; MARTINO MÁRIO MORENO, *Favole e Rime Galla*, Roma, p. 81, Tipografia del Senato, 1935.

60. HERBERT H. SMITH, *Brazil: the Amazonas and the coast*, Nova York, 1879, p. 549.

61. NIMUENDAJU, «Bruchstucke aus Religion und Ueberlieferung der sipala-indianer» *Anthropos*, XVII, p. 388, Wien, pp. 1921-1922, transcrição de Lehmann-Nitsche, p. 195.

Fang do Congo Francês (STITH THOMPSON, K621, *Escape by blinding the guard, Motif-Index,* IV, 348).

Na África o tema *Biting the foot* pertence ao Somba, coelho, e Frobenius conta uma dessas façanhas em que o herói se liberta dos dentes de um cão, agarrado a uma sua pata, gritando ter ele preado um pedaço de pau[62].

Na bibliografia européia incluo a estória dos *três gorrínicos*, registrada pelo Prof. Aurélio M. Espinosa em Cuenca, Espanha[63]. Ocorre na Australásia[63a]. No Brasil a tradição maior é do Jabuti (Hartt, Couto de Magalhães, Tastevin, Herbert H. Smith, Koch-Grunberg) fazendo o personagem central. Herbert H. Smith registrou um episódio com a cotia e Curt Nimuendaju com o tatu. Aluísio de Almeida entre a onça e o tatu (*50 Contos Populares de S. Paulo,* 104). Sílvio Romero encontrou esse conto, espalhado e autônomo em suas três secções, na literatura oral do Nordeste.

---

62. LEON FROBENIUS, *El Decamerón Negro,* Buenos Aires, 1938, 105. Durante algún tiempo Somba se vió libre de sus perseguidores. Pero cuando estaba ya muy merca del bosque salvador, llegó el perro viejo y, en el momento en que iba a saltar en la arboleda, el perro le cogió por la pata trasera. Pero Somba se echó a reir y rijo: «Muerdes un trozo de madera, teniendo al lado mi pie?». Entonces el perro solto el pie y mordió una rama. Somba desapareció riéndose en la arboleda.

63. AURÉLIO M. ESPINOSA, *Cuentos Populares Españoles,* Stanford University, 1926, III.º, p. 493: Y apenas pudo llegar el gorrinico a su casita y cerró el cerrojo y dejó el rabo fuera. Y el lobo le cogió por el rabo que venga a estirar y venga a estirar. Y el gorrinico que ya se crila que el lobo le iba a arrancar el rabito comenzo a decirle: Estira, estira, que de uma reiz de nabo estiras! Y soltó el lobo el rabo del gorrinico creyendo que era una reiz de nabo, y entonces el gorrinico le gritó: Mamola, mamola, que era mi cola!

63a. ... chez les Minhasa, LE SINGE ET LE CROCODILE ... Le singe dont la patte a été saisie par un crocodile lui falt croire qu'il ne tient qu'un morceau de bois et lui échappe de cette façon. De même, dans un conte malais, LE PELANDUK ET LE CROCODILE, se dernier est dupé de la même façon et lâche la patte du pelanduk pour un roseau. On reconnait là un trait des aventures du renard; RENÉ BASSET, *Melanges Africains et Orientaux,* Paris, ed. Maisonneuve, 1915, p. 371. Resumo de contos de T. J. BEZEMER, *Volksdichtung aus Indonesien,* Haia, 1904.

Poderá dizer-se que o elemento *Biting the foot,* comum ao populário europeu, nos veio também pelo conquistador branco. O elemento *blinding the guard* é que me parece de origem africana ou trazido pelos escravos negros, com direito ao *copyright* quanto ao indiscutido transporte.

René Basset, *Contes Populaires d'Afrique,* n.º 147, dos negros Betequés do Congo Francês, registra um episódio em que o antílope e a tartaruga sobem a uma árvore para furtar o vinho de palma da pantera. Esta surpreende-os e a tartaruga deixa-se cair, esmagando o nariz e quebrando dois dentes da proprietária.

VI. COMO O JABUTI SE VINGOU DA ANTA

A Anta (*Tapirus americanus,* Briass), é o animal de maior porte na fauna amazônica. É também o mais possante, bruto, arrebatado. Os caçadores dizem que a Anta não sabe fazer curvas, correndo em linha reta, derrubando tudo. Nas estórias, a Anta tem orgulho dos seus músculos, arrogante, desdenhosa, decidindo as questões com patadas. Corresponde à hiena no folclore banto. *The Hyena is the type of brutal force united with stupidity,* escreveu Chatelain. Pertence à classe dos estúpidos enérgicos que amedrontavam a Goethe.

Segundo Hartt, a Anta, encontrando o Jabuti num terreno lamacento, enterrou-o pisando-lhe no casco. Só ao fim de dois anos o Jabuti voltou à superfície da terra, furioso e resolvido a vingar-se.

Couto de Magalhães e Tastevin registram a estória completa. O Jabuti comia os frutos do taperebá e a Anta, não podendo expulsá-lo porque o outro dizia ser proprietário da árvore, pisou-o, fazendo-o enterrar-se no mole e úmido massapê.

Couto de Magalhães escreveu um verdadeiro *skholion* sobre essa estória, explicando-a:

— Neste primeiro episódio, a Anta, abusando do direito da força, pretende expelir o Jabuti de debaixo do taperebazeiro, onde este colhia o seu sustento; e como ele se opusesse a isso, alegando que a fruteira era sua, a Anta o pisa e o enterra no barro, onde ele permanece até que, com as outras chuvas que amoleceram a terra, ele pôde sair, e, seguindo plo rasto no encalço da Anta vingou-se dela matando-a. Parece que a máxima que o primitivo bardo indígena quis implantar na inteligência de seus compatriotas selvagens foi esta: a força do direito vale mais do que o direito da força. Apesar da extrema simplicidade com que a lenda é redigida, revela tal conhecimento de circunstâncias peculiares aos indivíduos que·nela tomam parte, que seria muito difícil a qualquer pessoa, que não o indígena, compô-la. É assim, por exemplo: a fruta do taperebá é sustento favorito de antas e jabutis; amadurece no princípio da seca; de modo que, se o Jabuti foi atolado no barro quando colhia essas frutas, e se só saiu com as futuras chuvas, segue-se que foi atolado em maio, mais ou menos, e que só saiu em novembro; é justamente durante esses meses que os jabutis hibernam. Quando ele encontra a Anta, é em um braço de rio grande — paraná-mirim —: todos os caçadores sabem que este animal prefere na verdade os canais estreitos para residir nas suas margens. Estas e outras circunstâncias, narradas com tanta precisão, que era possível fixar época para cada um dos pequenos fatos a que a narração alude, indicam a produção de uma inteligência simples, é verdade, mas perfeitamente informada e conhecedora do cenário em que se passa o pequeno episódio aí descrito.

Procurando a Anta para vingar-se, o Jabuti encontra uma massa de excremento coberta com relva. Foram excreções do animal, expelidas havia mais de ano. Pela lei da contigüidade psíquica, *totum ex parte,* o excremento ainda faz parte do corpo da Anta, ligado por invisíveis e permanentes continuidades mágicas. Tem o dom da voz e a consciência do estado. Responde às perguntas do Jabuti como respondem os outros dois montões deparados na perseguição.

Num conto popular indígena norte-americano, Stith Thompson fixou o mesmo episódio, D1312.1.1. *excrements as advisers* (*Tales of the North American Indians,* Cambridge, Mass, 1929, 296, n.º 83c). Saliva, unhas, cabelos, conservam a união com o todo advertindo-o e alertando-o. Ocorre nas estórias européias. Há muitos exemplos no *Porandúlia Amazônica* de Barbosa Rodrigues.

Numa citação de Panchatantra, Hartt lembra que a Lebre, em nome da Lua, onde reside o rei das lebres, protesta ao rei dos elefantes. Essa associação da lebre com a lua é hindu e sagrada. Não apenas figura numa tradição, mas a uma das jatacas. Indra, rei dos deuses arianos, disfarçado em brâmane, atravessou uma floresta, recebendo as homenagens dos animais bravios e mansos. A lebre, nada tendo que oferecer, presenteou-o com sua própria carne, fazendo o fogo e deitando-se sobre a grelha, cercada de chamas.

Reconhecido pelas heróicas intenções *of one of the most timorous of animals, Indra placed the image of the hare in the moon,* ensina Dorothea Chaplin no seu *Mater, Myth and Spirit*.

A luta do Jabuti com a Anta tem sido diversamente contada. Hartt descreve o Jabuti mordendo a coxa da Anta que correu até esgotar-se e morrer, sem que o inimigo abrisse as mandíbulas. Couto de Magalhães e Tastevin dizem que o Jabuti preou os testículos, *capiá, rapia,* da Anta, lugar mais sensível e vulnerável que a coxa rija e dura do tapirídio.

VII. O JABUTI MATA A MUCURA

Essa prova de resistência, imobilidade e jejum, não será um "assunto" para literatura oral mestiça no Brasil. Ninguém atina com a intenção, o sentido desse episódio. É um desafio sem precedentes e prelógico porque a Mucura sabia não poder agüentar a penitência e estar o Jabuti habituado a esse gênero de vida.

Couto de Magalhães entendia a lição, explicando-a:

> O Jabuti e a Raposa (mucura) apostam para ver quem resiste mais tempo à fome. Sendo o Jabuti um animal que hiberna, pôde suportar a experiência por dois anos, e dele sair com vida; outrotanto não aconteceu à raposa, que não tendo a mesma natureza do Jabuti morreu em meio da experiência. Parece que a parábola quis ensinar que, pelo fato de um homem fazer uma coisa, não se segue que todos a possam fazer, e que, antes de empreendê-la, devemos primeiro consultar se a natureza nos dotou com as qualidades necessárias para sua realização.

A micura, mucura de Hartt, é o Gambá, Sariguê, *Didelphys marsupialis, L.* É o crédulo enganado e pobre *Opossum*, familiar nos contos negros do *Uncle Remus*.

A versão do padre Tastevin, ouvida no rio Juruá, é a seguinte:

> Outra vez estava o Jabuti tocando à entrada dum buraco, e dançando. Chegou a Mucura e propôs:
> — Jabuti vamos porfiar, a ver quem passa mais tempo nesse buraco?
> O Jabuti respondeu:
> — Vamos! Quem começa?
> — Tu, Jabuti!
> — Bom! até quando?
> — Até que amadureçam os tapirebas!
> O Jabuti entrou no buraco e a Mucura foi-se embora. Todos os meses vinha visitar o Jabuti, e chamava:
> — Jabuti!
> Este respondia:
> — Ó Mucura! Já estão amarelos os tapirebas?

— Ainda não, Jabuti, as árvores estão apenas florescendo. Bem Jabuti, já me vou!

Quando chegou o tempo, a Mucura foi à porta do buraco e gritou:

— Jabuti.

Este perguntou:

— Os tapirebas já estão maduros, Mucura?

— Agora sim, — respondeu ela, — há uma grossa camada de frutos debaixo da árvore.

O Jabuti saiu e mostrando o buraco:

— Entra agora, Mucura!

— Até quando — perguntou ela?

— Até que estejam maduros os ananases!

Ela entrou e o Jabuti sobre ela fechou a entrada. Um mês depois o Jabuti veio visitar a Mucura; chegou a entrada do buraco e disse:

— Ó Mucura!

Ninguém respondeu. O Jabuti gritou outra vez:

— Mucura!

Mesmo silêncio.

— Esse tratante já terá morrido? — disse o Jabuti.

Abriu o buraco de onde saíram muitas moscas, a Mucura tinha morrido. O Jabuti puxou o cadáver para fora e disse:

— Então não tinha eu razão de dizer que não eras homem para mim?

O Jabuti deixou lá a Mucura e foi-se embora.

Tapirebas, Taperebá, *Spondias lutea L.,* cajazeira, é um dos frutos preferidos pelo Jabuti, perguntando por sua floração quando estava mergulhado debaixo da terra.

O Barão de Santana Néri registrou uma versão amazonense também, dando direção curiosa ao desafio: A Mucura (Santana Néri escreve *Renard*) desafia o Jabuti para que fique durante sete anos dentro de uma fossa, cabendo ao outro companheiro o dever de trazer alimentação. O Jabuti entra para o buraco, ao pé de um Taperebá. Todas as manhãs a Raposa visitava-o mas nada trazia para comer. Quando o Jabuti pedia alguns frutos do taperebá, a Raposa lamentava-se:

— *Hélas! Ils ne sont pas encore murs.*

Tentava fazê-lo morrer de fome. Os frutos do taperebá caíam da árvore e rolavam, descendo até o Jabuti que os comia sem que a Raposa soubesse. Venceu assim os sete anos. Quando terminou sua prova, fez a Raposa ocupar seu lugar, prometendo trazer algumas galinhas para o sustento da rival. Ia diariamente visitar a concorrente, mas de mãos abanando.

Quando a Raposa, faminta, pedia algumas galinhas para o desjejum, o Jabuti explicava:

— *Hélas! je n'ai pas pu encore en attraper...*

E a Raposa morreu de fome (*Folk-Lore Brésilien,* 190-191).

VIII. O JABUTI ENGANA A ONÇA

Couto de Magalhães, Tastevin, Santana Néri, Sílvio Romero, a pequena coleção de Clemente Brandenburger, não registram esse episódio completo, como o fez Hartt. Em Couto de Magalhães, a Onça se oferece para dividir o corpo da Anta em duas porções. O Jabuti aceita e, a pedido da Onça, vai buscar lenha. Quando voltou, *uacéma nhúnto'ána tiputi*, encontrou apenas fezes. Brandenburger articula esse episódio com o V de Hartt. O Jabuti se vinga, atirando-se da árvore, onde o macaco o pusera, em cima da cabeça da Onça, matando-a. A estória em Hartt é mais clara, inteligível. E há uma novidade no fabulário brasileiro: a presença da aranha. Verdade é que a aranha nada faz. Ajuda silenciosamente o Jabuti a guardar a carne e depois carrega-a, escondendo a caça à voracidade felina.

O tema, fácil e lógico, tem quase todos os elementos na variante africana que Hartt cita em Koele, onde a doninha engana a hiena. A hiena é a brutalidade atlética da anta ou da onça sul-americana na tradição africana.

O reverendo S. W. Koele publicou em Londres, 1854, o seu *African Native Literature, or Proverbs, Tales, Fables, and Historical Fragments in the Kanuri or Bornu Language*. O reino do Bornu ficava no Sudão Central, habitado pelos Kanuris, mestiços de árabes e *peuls*. Eram vizinhos aos haussás, muçulmanos todos e relativamente amigos. O conto podia ter vindo da memória dos haussás, adaptado, assimilado no Brasil indígena. A versão africana é flagrante, aumentando as possibilidades de constituir a origem temática com a participação da Aranha. O conto teria vindo com a escravaria sudanesa, de nível superior aos bantos.

Conheço apenas dois episódios em que a Aranha é personagem de primeiro plano. Registrei ambos no *Contos Tradicionais do Brasil* (Rio de Janeiro, 1946). O primeiro, colhido no Recôncavo Baiano por Silva Campos, é "Aranha Caranguejeira e o Quibungo", e o segundo, "Como a Aranha Salvou o Menino Jesus", recolhida por mim.

Hartt registrou um pequenino diálogo entre o Jabuti e a Anta, ambos noivos. O Jabuti da filha do Beija-Flor e a Anta da filha do Veado. Criticam-se mutuamente as desvantagens físicas. Hartt diz que a conversa parece estar resumida e incompleta.

Há, entretanto, no adagiário indígena do Amazonas, o *Auá orekó cetimã iatúca inticahamunu quáu*, quem tem perna curta não caça. (*O Selvagem*, 224-225).

ARIRAMBA E A MUCURA

A mucura, micura, sariguê, gambá, *Didelphis azarae,* tem um ciclo de estórias. É um herói de boa e má fortuna. Aparece como esperto e parvo, inventivo e crédulo, cheio de vaidade ou de finura. Muitas aventuras européias da Raposa lhe são atribuídas no Brasil. Diga-se que a Raposa continua sendo, para o mestiço, o sertanejo, o nordestino povoador do extremo-norte, o exemplo de sabedoria velhaca e de astúcia imediata, irresistível, gaiata*.

A micura ou gambá está casado e tem filhas que se casaram também. Seus genros são o ariramba, uma ave aquática, grande fisgadora de peixe nos rios amazônicos, *Ceryle torquata L,* também conhecida por "Martim Pescador", o carrapato (ixodes), o sinimbu, o maribondo...

Barbosa Rodrigues ouviu o mesmo caso inicial, XV da "Poronduba", *Micura Ariramba irumo,* a Micura e a Ariramba. Aqui está em resumo:

A Micura, contam, tinha por genro a Ariramba. A Ariramba foi para o rio flechar peixe. Procurou em lugar onde havia um pau atravessado e aí se trepou, esperando o peixe. A Ariramba ia e voltava tão depressa da pescaria que a sogra se admirava. Um dia o pai chamou a filha:

— Minha filha como é que teu marido mata peixe?
— Como ele mata, meu Pai? Ele sobe para o pau atravessado no rio e toca o maracá! (O canto da ariramba lembra o som do maracá).

— É assim? Assim eu também mato peixe!
Depois, contam, disse para a mulher:
— Velha! Vamos flechar peixe?
— Vamos, velho!

* É uma «permanente» da Raposa invencível dos contos europeus do ciclo do Renart. De sua ampliação e popularidade ver LÉOPOLD SUDRE, *Les Sources du Roman de Renart*, ed. Bouillon, Paris, 1893.

Contam que eles foram esperar no lago. O Micura velho subiu para o pau. Então, dizem que subiu para o pau e tocou o maracá, esperando o peixe. Não tardou aparecer-lhe o avô dos peixes Tucunaré (*Cichla ocellaris*). Saltou para cima do peixe e o Tucunaré engoliu o velho Micura.

— Ai! Meu marido! O peixe-avô já o engoliu!

A velha correu para casa. E então gritou:

— Minha filha, o Tucunaré já engoliu teu pai!

A moça disse ao marido:

— Vai ver meu pai que o peixe já engoliu!

Dizem que Ariramba correu, chegando logo lá.

— Onde foi?

— Aqui!

Então, dizem, Ariramba subiu para o pau e não demorou o Tucunaré aparecer. Ele imediatamente flechou-o, matou, arrastou para terra.

E disse à mulher:

— Traz a faca!

Pegou na faca, rasgou a barriga do peixe, encontrando, dizem, o sogro Micura dentro da barriga do peixe querendo morrer.

Levaram-no para casa. O Micura ficou, até hoje, com o rabo feio e fedorento por causa do calor da barriga do Tucunaré.

Esse episódio com o seguinte, casada a jovem gambá com o carrapato, parece um conto apenas, contendo as desventuras do gambá velho querendo imitar seus genros. A versão de Hartt foi traduzida para o francês por Santana Néri.

MITOS ASTRONÔMICOS

Hartt expôs rapidamente alguns mitos astronômicos dos indígenas tupis, revelados pelo franciscano Frei Claude d'Abbeville. O capuchinho estivera na ilha de São Luís do Maranhão, de 29 de julho a 8 de dezembro de 1612. E nenhum outro cronista, até o século XVII, trouxe notícia sobre os astros vistos pelos olhos indígenas e a estória de cada um deles[64].

Certamente, há engano nas versões de Hartt para o português. *Pira-paném,* a Estrela Dalva, não é o piloto da manhã, título tão bonito. O Tupinambá, bem prático, verificando que a aparição de Mercúrio coincidia com a falta de peixe nas enseadas e pesqueiros habituais, batizuo-o por Pirá-panema, *falta-de-peixe. Panema* é falta, infeliz, pouco abundante, falho, etc. *Pirá* é peixe[65].

Como Claude d'Abbeville foi o primeiro informador astronômico e, sob vários aspectos, único em quase duzentos anos, transcrevo seu depoimento seiscentista, sua notícia que impressionou Hartt.

Poucos entre eles desconhecem a maioria dos astros e estrelas de seu hemisfério; chamam-nos todos por seus nomes próprios, inventados pelos seus antepassados. Ao céu dão o nome de Eivac (Ibac), ao sol de Coaraci, à lua de Jaci. Às estrelas chamam de um modo geral Jaci-tatá. Entre as que conhecem particularmente há uma que denominam Simbiare rajeiboare, isto é, maxilar. Trata-se de uma constelação que tem a forma dos maxilares de um cavalo ou de uma vaca. Anuncia a chuva. Há outra a quem chamam Urubu, a qual, dizem, tem a forma de um coração e aparece no tempo das chuvas. A outra dão o nome de Eixu-Jurá. É uma constelação de nove estrelas dispostas em forma de grelha e anuncia a chuva. Temos entre nós a *Poussiniére* que muito bem conhecem e que denominam Eixu. Começa a ser vista, em seu hemisfério, em meados de janeiro, e mal a enxergam afirmam que as chuvas vão chegar, como chegam, efetivamente, pouco depois. Há uma estrela a que chamam Tingassu e que é mensageira da precedente, aparecendo no horizonte quase sempre quinze dias

---

64. CLAUDE D'ABBEVILLE, *História da Missão dos Padres Capuchinhos na Ilha do Maranhão e terras circunvizinhas; em que se trata das singularidades admiráveis e dos costumes estranhos dos índios habitantes do país.* Tradução de Sérgio Milliet, Introdução e notas de Rodolfo Garcia. São Paulo, Bib. Hist. Bras. XV, 1945. A transcrição é do Cap. II, pp. 246-250.

65. TEODORO SAMPAIO, *O Tupi na Geografia Nacional* 3.ª ed., Bahia, 1928. Os guaranis chamavam o planeta Mercúrio *Pirapanê*, porque a sua aparição no céu era sinal de não haver peixes, p. 291.

antes. A outra, que surge também antes das chuvas, dão o nome de Uam-rana. É uma grande estrela maravilhosamente clara e brilhante. Existe por outro lado uma constelação de várias estrelas que denominam Uènhomuã, isto é, lagostim; aparece ao terminarem as chuvas.

A certa estrela chamam os índios Jaguar, cão. É muito vermelha e acompanha a lua de perto. Dizem, ao verem a lua deitar-se, que a estrela late ao seu encalço como um cão, para devorá-la. Quando a lua permanece muito tempo escondida durante o tempo das chuvas, acontece surgir vermelha como sangue da primeira vez que se mostra. Afirmam então os índios que é por causa da estrela Jaguar que a persegue para devorá-la. Todos os homens pegam então seus bastões e voltam-se para a lua batendo no chão com todas as forças e gritando *eycobé chera moin goé, goé, goé; eycobé chera moin goé, hau' hau' hau*, boa saúde meu avô, boa saúde. Entrementes as mulheres e as crianças gritam e gemem e rolam por terra, batendo com as mãos e a cabeça no chão.

Desejando conhecer o motivo dessa loucura e diabólica superstição, vim a saber que pensam morrer quando vêem a lua assim sanguinolenta após as chuvas. Os homens batem então no chão em sinal de alegria porque vão morrer e encontrar o avô a quem desejam boa saúde, por estas palavras: *eycobé chera moin goé, goé, goé; eycobé chera moin goé; hau' hau' hau*, boa saúde meu avô, boa saúde. As mulheres porém, têm medo da morte e por isso gritam, choram e se lamentam.

Conhecem também a Estrela da Manhã e chamam-na Jaci-Tatá-Açu, grande estrela. Dão à Estrela Vespertina o nome de Pira-paném e dizem que é quem guia a lua e lhe vai à frente. Conhecem ainda outra estrela que se acha sempre diante do sol e lhe dão o nome de Iapuicã, "sentada em seu lugar". Com o início das chuvas perdem essa estrela de vista. Conhecem também o Cruzeiro, bela constelação de quatro estrelas muito brilhantes dispostas em cruz. Chamam-na Criçá (Curuçá), cruz.

Há uma estrela que se levanta depois do sol posto; como é muito vermelha dão-lhe o nome de Jandaia, derivado de um pássaro assim chamado. Conhecem também uma constelação de sete estrelas que tem a forma de um pássaro e a que chamam Iaçatim. A outra constelação formada de muitas estrelas parecida com um macaco denominam Caí. A outra chamam Poti, caranguejo, **por** ter a forma desse animal.

Tuibaé, homem velho, é como chamam outra constelação formada de muitas estrelas semelhantes a um homem velho pegando um cacete.

Certa estrela redonda, muito grande e muito luzente, é chamada por eles Curumim-Manipueira-Guara o que quer dizer: menino que bebe manipueira. Conhecem uma constelação denominada Inhandutin, ou avestruz, branca, formada de estrelas muito grandes e brilhantes, algumas das quais representam um bico: dizem os maranhenses que elas procuram devorar duas outras estrelas que lhes estão juntas e às quais denominam Guirá-rupiá, isto é, os dois ovos.

Eira-apuã, mel redondo, é uma estrela grande, redonda, brilhante e bonita. Há uma constelação com a forma de um cesto comprido a que chamam Panacum, isto é, cesto comprido.

Jaci-Tatá-opê, é o nome de uma estrela muito brilhante e bonita, em louvor da qual fizeram um canto.

Há uma constelação a que chamam Tapeti, lebre; é formada por muitas estrelas à semelhança de uma lebre e por outras em forma de orelhas compridas, em cima da cabeça.

Tucum é o nome de outra estrela que se assemelha ao fruto do Tucum-iba, espécie de palmeira.

Outra grande estrela brilhante é por eles denominada Tatá-rendi, isto é, fogo ardente.

A uma constelação parecida com uma frigideira redonda dão o nome de Nhaém-apuam.

Conhecem ainda uma estrela a que chamam Canará-iba e muitas outras que deixo de mencionar para evitar maior prolixidade; sabem perfeitamente distinguir umas das outras e observar o oriente e o ocidente das que se levantam e das que se deitam no seu horizonte.

A explicação dada pelos Tupinambás ao capuchinho Claude d'Abbeville em 1612 é um primor de dissimulação. Os gritos, alaridos, batidas ameaçadoras de bastões pertencem a um ciclo temático que gira por quase todo o Mundo. Crêem que a lua esteja ameaçada por um monstro, cão, dragão, serpente. Gritam os hindus no eclipse solar ou lunar afugentando a cabeça de Ráhu que vai engolir o sol ou a lua. Sébillot informa que "jusqu'au

XVI siècle en France, on criait au moment de l'éclipse".
José Veríssimo escreveu:

— *Durante o eclipse deste astro (a Lua), em 23 de agosto de 1877, o povo da capital do Pará fez um barulho enorme com latas velhas, foguetes, gritos, bombo, e até tiros de espingardas para afugentar ou matar o Bicho que queria comer a Lua, como explicavam semelhante cena. Em Campinas, São Paulo, deu-se o mesmo fato, segundo li num jornal*[66].

Silva Coutinho (João Martins) era grande conhecedor da vida indígena. Acompanhara Agassiz, sabia conversar, evocando mitos e costumes nas tribos que visitara longamente. Possuía autoridade do contato direto e da modéstia que o tornou esquecido na memória dos cronistas científicos e das reportagens eruditas. Sua informação sobre Órion, os pescadores do Peixe-Boi, é exata e fiel. Stradelli[67] ainda a encontrou e registrou. É o Cruzeiro do Sul, o Cacuri indígena. Cacuri é uma armadilha para pegar peixes.

Cacuri, constelação indígena que corresponde mais ou menos ao Cruzeiro do Sul. As quatro estrelas do Cruzeiro formam o quarto do cacuri, e as estrelas do centro são os peixes, que já nele caíram. A Mancha Megalânica, ou como outros a chamam, o Saco de Carvão, é um Peixe-Boi e as duas estrelas do Centauro, A e B, são os pescadores que vêm para arpoá-lo. Antigamente, contam, o mais moço, B, que hoje está na proa da canoa pronto para arpoar, estava ao jacumã, isto é ao leme. O velho porque o arpão já lhe pesava cedeu-lhe o lugar.

A lenda da origem da lua pelo incesto, contada por Silva Coutinho a Hartt fora ouvida no Rio Branco. Barbosa Rodrigues registrara semelhantemente no rio Jamun-

66. *Antologia do Folclore Brasileiro*, p. 270. Identicamente ocorria entre os Bnutianos nos Apeninos.
67. STRADELLI, Vocabulário Nheêngatú — Português, *RIHGB*, tomo 104, pp. 158, 390.

dá. Melo Morais Filho aproveitou o tema para um poema, "A tapera da Lua", incluído no seu *Mitos e Poemas* (Rio de Janeiro, 1881, 17-22), traduzindo para o francês por Jean Desplas, divulgado pela Europa e Sul-América. Afonso Arinos escreveu um conto, com o mesmo título, muito citado, (*Lendas e Tradições Brasileiras*, S. Paulo, 1917)[68]. A lenda existe entre os Esquimós, com a iniciativa amorosa partindo do irmão.

Les Esquimaux recontent que la lune, visitée chaque nuit par un jeune homme, lui noircit le dos, pour le marquer, et ayant reconnu que son frére était son amoureux, elle s'enfuit et il la poursuivit: tous deux furent transportés dans les nuages et elle devint le soleil[69].

Ela, trepada a um galho, o qual, seco, projeta
A sombra sobre o azul da lagoa quieta,
Pendendo a fronte vê, do alto pendurada,
Por entre a cor do pejo, a face então manchada.
Tomando o arco rijo, o arco afeito a guerra,
Ao céu manda uma flecha; a flecha lá s'enterra.
E a outra logo após, e aos lumes siderais
Flechando vai assim, e numa, noutra, mais,
E rente estando a si a oscilante vara
Por ela galga o céu, torna-se lua clara!

Nas fontes, desde então, e rios, pelos mares,
Das águas no cristal, nos lagos dos palmares,
A índia vem mirar-se à noite, em seu desgosto,
A ver s'inda conserva as manchas de seu rosto.

Assim poetava Melo Morais Filho[70].

---

68. *Antologia do Folclore Brasileiro*, pp. 394-398.
69. PAUL SÉBILLOT, *Le Folk Lore*, Paris, 1913, pp. 109-110,
70. MELO MORAIS FILHO, Nacionalismo «A tapera da Lua. Formação da Lua», *Mitos e Poemas*, Rio de Janeiro, Leuzinger & Filhos, 1884, p. 22.

COLEÇÃO ELOS

1. *Estrutura e Problemas da Obra Literária*, Anatol Rosenfeld.
2. *O Prazer do Texto*, Roland Barthes.
3. *Mistificações Literárias: "Os Protocolos dos Sábios de Sião"*, Anatol Rosenfeld.
4. *Poder, Sexo e Letras na República Velha*, Sergio Miceli.
5. *Do Grotesco e do Sublime*, Victor Hugo (Trad. e Notas de Célia Berrettini).
6. *Ruptura dos Gêneros na Literatura Latino-Americana*, Haroldo de Campos.
7. *Claude Lévi-Strauss ou o Novo Festim de Esopo*, Octavio Paz.
8. *Comércio e Relações Internacionais*, Celso Lafer.
9. *Guia Histórico da Literatura Hebraica*, J. Guinsburg.
10. *O Cenário no Avesso*, Sábato Magaldi.
11. *O Pequeno Exército Paulista*, Dalmo de Abreu Dallari.
12. *Projeções: Rússia/Brasil/Itália*, Boris Schnaiderman.
13. *Marcel Duchamp ou o Castelo da Pureza*, Octavio Paz.
14. *Os Mitos Amazônicos da Tartaruga*, Charles Frederik Hartt (Trad. e Notas de Luís da Camâra Cascudo).
15. *Galut*, Itzack Baer.
16. *Lenin: Capitalismo de Estado e Burocracia*, Leôncio M. Rodrigues e Otaviano de Fiore.
17. *Círculo Lingüístico de Praga*, Org. J. Guinsburg.
18. *O Texto Estranho*, Lucrécia D'Aléssio Ferrara.
19. *O Desencantamento do Mundo*, Pierre Bourdieu.
20. *Teorias da Administração de Empresas*, Carlos Daniel Coradi.
21. *Duas Leituras Semióticas*, Eduardo Peñuela Cañizal.
22. *Em Busca das Linguagens Perdidas*, Anita Salmoni.
23. *A Linguagem de Beckett*, Célia Berrettini.
24. *Política e Jornalismo*, José Eduardo Faria.
25. *Idéia do Teatro*, José Ortega y Gasset.
26. *Oswald Canibal*, Benedito Nunes.
27. *Mário de Andrade/Borges*, Emir Rodríguez Monegal.
28. *Política e Estruturalismo em Israel* Ziva Ben-Porat e Benjamin Hrushovski.
29. *A Prosa Vanguardista na Literatura Brasileira: Oswald de Andrade*, Kenneth D. Jackson.
30. *Estruturalismo: Russos x Franceses*, N. I. Balachov.
31. *O Problema Ocupacional: Implicações Regionais e Urbanas*, Anita Kon.
32. *Relações Literárias e Culturais entre Rússia e Brasil*, Leonid A. Shur.

33. *Jornalismo e Participação*, José Eduardo Faria.
34. *A Arte Poética*, Nicolas Boileau-Despreux (Trad. e Notas de Célia Berrettini).
35. *O Romance Experimental e o Naturalismo no Teatro*, Émile Zola (Trad. e Notas de Célia Berrettini e Italo Caroni).
36. *Duas Farsas: O Embrião do Teatro de Molière*, Célia Berrettini.
37. *A Propósito da Literariedade*, Inês Oseki-Dépré.
38. *Ensaios sobre a Liberdade*, Celso Lafer.
39. *Leão Tolstói*, Máximo Gorki (Trad. de Rubens Pereira dos Santos).
40. *Administração de Empresas: O Comportamento Humano*, Carlos Daniel Coradi.
41. *O Direito da Criança ao Respeito*, Janusz Korczak.
42. *O Mito*, K. K. Ruthven.
43. *O Direito Internacional no Pensamento Judaico*, Prosper Weil.
44. *Diário do Gueto*, Janusz Korczak.
45. *Educação, Teatro e Matemática Medievais*, Luiz Jean Lauand.
46. *Expressionismo*, R. S. Furness.
47. *Xadrez na Idade Média*, Luiz Jean Lauand.